アサシンズプライド
12
暗殺教師と薄明星火
「時間を越える旅よ！」
「旅行は賑やかでなくっちゃ」
ミュール=ラ・モール
ラ・モール公爵家の令嬢で、位階は《魔騎士》。夜界でもサラシャたちにちょっかいを出すことは忘れない
エリーゼ=アンジェル
《聖騎士》の位階を有するメリダの従姉妹。時間旅行計画のために初めてやってきた夜界には、興味と怖れが半々

サラシャ＝シクザール
《竜騎士》の位階を誇るシクザール公爵家の令嬢。夜界を冒険する中でメリダとの絆を一層深めていく
「愛するせんせにサービスですわ？」
「どうしようもないことだって、分かっているんですけど……」

メリダ＝アンジェル
アンジェル公爵家の令嬢ながら《聖騎士》の位階を持たない少女。仲間を常に思いやる芯の強さがある
「わたしたち、優等生で通ってるんだからっ」
「クーファ先生とふたりで……隠しごとしてるような」

「時間がない。
けりをつけさせてもらう！」
クーファ＝ヴァンピール
時間旅行を画策し、メリダたちを引き連れて夜界へと降り立った家庭教師。最強の刺客を前に禁断の力を解放する

アサシンズプライド12
暗殺教師と薄明星火

天城ケイ

ファンタジア文庫

2978

口絵・本文イラスト　ニノモトニノ

ASSASSINSPRIDE12
CONTENTS

CHARACTER

クーファ＝ヴァンピール

《白夜騎兵団》に所属する
マナ能力者。位階は《侍》。
メリダの家庭教師兼暗殺者として派遣されたが、
任務に背いてメリダを育成している

メリダ＝アンジェル

三大公爵家たる《聖騎士》の家に
生まれながらマナを持たない少女。
無能才女と蔑まれても心の折れなかった、
健気かつ芯の強い努力家

エリーゼ＝アンジェル

メリダの従姉妹で《聖騎士》の
位階を持つマナ能力者。
学年で一番の実力を誇る。
無口で無表情

ロゼッティ＝プリケット

精鋭部隊《聖都親衛隊》に
所属するエリート。
位階は《舞巫女》。
現在はエリーゼの家庭教師

ミュール＝ラ・モール

三大公爵家の一角
《魔騎士》の令嬢。
メリダ達とは同い年ながら、
大人びた神秘的な雰囲気

サラシャ＝シクザール

三大公爵家《竜騎士》の
令嬢で、ミュールとは
同じ学校に通う友人。
大人しくて気が弱い

セルジュ＝シクザール

三大公爵家の若き《竜騎士》であり、
サラシャの兄。
現在は夜界調査の
任務に就いている

ブラック＝マディア

《白夜騎兵団》に所属する、
変装のエキスパート。
位階は変幻自在の
模倣能力を持つ《道化師》

ウィリアム・ジン

ランカンスロープでありながら、
《白夜騎兵団》所属となった
グールの青年。アニマによって
包帯を自在に操り戦う

ネルヴァ＝マルティーリョ

メリダのクラスメイトで
彼女を苛めていたが、
最近は関係性が変化。
位階は《闘士》

KEYWORD

ランカンスロープ	夜の闇に呪われた生物が化物と化した姿。 様々な種族に分かれており、アニマという異能を持つ
マナ	ランカンスロープに対抗するための力。 これを持つ者はランカンスロープの脅威から人類を守る代わりに貴族の地位を有する。 能力の方向性によって様々な位階に分かれている

基本位階

剣士《フェンサー》	高い防御性能と支援力を誇る、 防御特化の盾のクラス	**闘士《グラディエイター》**	攻撃・防御共に抜きん出た 性能を持つ、突撃型クラス
侍《サムライ》	敏捷性に優れ、《隠密》アビリティを 有する暗殺者クラス	**銃士《ガンナー》**	様々な銃器にマナをこめて戦う、 遠距離戦に特化したクラス
舞巫女《メイデン》	マナそのものを具現化して 戦うことに長けたクラス	**魔術師《ワイザード》**	攻撃支援に特化し、《呪術》という デバフ系スキルを持つ後衛クラス
神官《クレリック》	防御支援能力と、味方に己のマナを 分け与える《慈愛》を持つ後衛クラス	**道化師《クラウン》**	他の7つの位階の異能を 模倣することができる、特殊なクラス

上位位階

三大騎士公爵家・アンジェル家、シクザール家、ラ・モール家のみが継承する、
特別な位階

聖騎士《パラディン》	戦闘力、味方への支援、すべてにおいて高い水準を誇る万能クラス。 全位階中唯一の回復アビリティ《祝福》を宿す。アンジェル公爵家が代々受け継ぐ
竜騎士《ドラグーン》	《飛翔》アビリティを持つクラス。恐るべき跳躍力と滞空能力を生かし、 慣性を余すところなく攻撃力へ転化する。シクザール家が宿す位階
魔騎士《ディアボロス》	相手のマナを吸収することができる固有アビリティを持ち、正面きっての戦闘では 無類の強さを発揮する、最強の殲滅クラス。ラ・モール家が継承

HOMEROOM EARLIER

「――なぜだ」

もはやただひとりの生き残りになってしまった彼は、自分に問いかけるほかなかった。

「わしはどこで道を間違《まちが》えたのだ……」

手のひらのなかの拳銃《けんじゅう》が、銃弾《じゅうだん》以外の答えを吐《は》き出してくれるなら別だが……。

自分の頭で考えるしかなかった。

すると自然、思い浮《う》かんでくるのは輝《かがや》くサファイアのような光景である――

† † †

「ドクター・ホイール」

彼はそう呼ばれていた。高みから声を掛《か》けられて、おそるおそる歩み出る。

夜の住人《ランカンスロープ》の一大勢力にして、肉体改修を極《きわ》めた医師《ドクター》、フランケンシュタイン――

フランケンシュタイン族は背《せ》丈《たけ》や体格に一貫性《いっかんせい》がない。自分自身の肉体すら実験材料と捉《とら》える彼らは、ほかの生き物から四肢《しし》を継《つ》ぎ接《は》ぎし、何度も改造を繰《く》り返すからだ。原形をなくすことこそが、研究に習熟しているという美徳なのである。ドクター・ホイールの両脚《りょうあし》は幼児のそれであり、たいてい、周りの者からは見下ろされる恰好《かっこう》になる。

目の前にいる男は背が高かった。

それでも軽く腰《こし》を折り、慇懃《いんぎん》に微笑《ほほえ》む。

「よくぞ参られた、ドクター」

見事な白髪《はくはつ》だ——

笑うと少し皺《しわ》が浮かぶ。しかし肌《はだ》は少女のように真っ白で、髪《かみ》は長く艶《つや》がある。年齢《ねんれい》を感じさせない、若々しい活力を漲《みなぎ》らせていた。

そして、左右の口の端《はし》には尖《とが》った犬歯。

ヴァンパイア族だった。

蒼《あお》い輝き——

その宮殿《きゅうでん》に足を踏《ふ》み入れたとき、ドクター・ホイールはこの上なく誇《ほこ》らしい気持ちになったものだ。夜界《やかい》に棲《す》むランカンスロープたちが畏《おそ》れてやまないヴァンパイア族。彼らの領土である、霧《きり》深い渓谷《けいこく》の奥に築かれたサファイアの都！

その正体は、月の力の結晶《けっしょう》と言われるネメシスフィアである。

夜界の貴重な資源だ。誰《だれ》もが宝箱に秘《ひ》めて鍵《かぎ》をかけておいているだろう。

ヴァンパイア族は、その稀少《きしょう》な石で都を築いているのである。

彼らの国力は底が知れなかった。

一介《いっかい》のランカンスロープに過ぎないホイールは、蒼の輝きのあまりのまばゆさに目まいがしそうになる。蒼い床石《ゆかいし》を踏む足取りが、よたよたとおぼつかなくなる。

本当にこんな場所へ立ち入ってよかったのだろうか？

しかし、じっとしてもいられなかった。彼が初めてヴァンパイア族との繋《つな》がりを持ってから半年足らず。その出会いは、人間最後の都市国家《フランドール》でのことだった。時の王セルジュ＝シクザールと、マッド・ゴールド率いるワーウルフ族との政略結婚《けっこん》。その招待客として、《彼》とホイールは顔を合わせたのだった。

名はクーファ……。

ホイールがフランケンシュタイン族の代表なら、彼はヴァンパイア族の使者を名乗っていた。このコネクションをホイールはなんとしても利用せねばならなかった。

フランケンシュタイン族は今、窮地《きゅうち》に立たされている。

彼らを統《す》べる女王、レイシー＝ラ・モールが行方知れずなのだ。

いったいどこへ行かれてしまったのか！　彼女が「ついに不死の秘法をものにした」と

宣言して、生まれ故郷であるフランドールへ凱旋《がいせん》していったのが、一年前の春。件《くだん》のクーファ氏は、そのレイシー女王と会ったことがあるのだという。

『彼女とは半年ほど前に別れたきりだが――』

クーファ氏はその先をなかなか口にしようとはしなかった。それどころか人間たちの内乱以降もフランドールに留《とど》まり、夜界との橋渡《はしわた》しに尽力《じんりょく》している様子……。

フランケンシュタイン族のもとには件のセルジュ＝シクザールを使者として寄越《よこ》し、惜《お》しみなく協力し合うように――というのが、たったひとつのお達しである。

何かが奇妙《きみよう》だ、とホイールは考えざるを得ない。

女王から留守を預かっている立場上、今はホイールに同族の進退が懸《か》かっている。その優秀《ゆうしゆう》な頭脳をもってして、考えに考え抜《ぬ》いた末――

ホイールは、意を決して吸血鬼《ヴァンパイア》たちの都を訪ねることにしたのである。

フランケンシュタイン族と彼らは、同盟関係というわけではない。

領土に立ち入った途端《とたん》、首が飛んでもおかしくなかっただろう。実際、渓谷に足を踏み入れて深い霧に包まれたかと思えば、ホイールはいつの間にか、見たこともない《怪物《かいぶつ》》に取り囲まれていた。あっさりと捕《つか》まってしまったのだ！

《怪物》は《怪物》だ。獰猛《どうもう》な獣《けもの》としか表現しようがなかった。

しかし、喰《く》い殺される前にホイールには主張することがあった。

『忠実なしもべが馳《は》せ参じました!!』

――と。

すると、怪物を統率《とうそつ》していたひとりのヴァンパイアが、聞く耳を持ってくれた。ホイールが恐怖《きょうふ》のあまり支離滅裂《しりめつれつ》になりながらも事情をまくし立てると、ヴァンパイアはじっくりと話を嚙《か》み砕《くだ》くように頷《うなず》いて、怪物たちを退かせたのだ。

そして笑った。

『よくぞ参られた』――と。

彼はホイールを怪物の背に乗せて、深い深い霧の奥に広がっていた、サファイアの都まで招き入れた。そして、もっとも立派な宮殿《きゅうでん》へと手厚く導いたのだ。

そのヴァンパイアが今、目の前にいるこの壮年《そうねん》にして瑞々《みずみず》しい男。

セオドーア、という名を、恭《うやうや》しく名乗った。

本当にこのような場所に立ち入ってよかったのだろうか……。

ホイールが通されたのは、いわゆる玉座の間と呼ばれる場所である。床は広い円形で、天井《てんじょう》は高い位置でアーチを描《えが》いている。首が痛くなるほど見上げなければならないその先に――煌《きら》びやかな蒼白い光を放つ物体があった。ネメシスの結晶だ。しかも巨大《きょだい》！　それが燦々《さんさん》と光を降り注がせるものだから、ホイールは立ちくらみがしてしまった。

が、もっとも注意を払《はら》うべきは部屋の中央である。

高い階段があって、蒼い石で造られた玉座がこちらを見下ろしているのだ。

蒼いヴェールが天井から幾重《いくえ》にも垂れ下がり、その奥を隠《かく》している。

誰かが座っているように見える……。

足もとだけがかすかに透《す》けていた。男か女かも分からない。

……つい、食い入るように玉座を見つめてしまっていたらしい。

セオドーアが「ごほん」と咳払《せきばら》いをして、ホイールは我に返った。

聞かなければならないことは山ほどある。

「それで、まことですか？」

ホイールはセオドーアへと身を乗り出した。

「使者どのが……クーファどのが一度も報告を寄越していないというのは？」

セオドーアは口もとだけを動かして、笑《え》みを表現した。

「彼は筆不精《ふでぶしょう》なのだ」

「はあ……」

「だからあなたが来てくださってとても助かった、ドクター・ホイール。彼がヴァンパイア族の使者として為《な》したことの、すべてを、我々に教えていただきたい」

ホイールは目を丸くした。

「す、すべて？」

「すべてだ」

そう言われては、ホイールは口を割るしかなかった。

セオドーアはしきりに頷きながら話を聞いていたが、玉座を囲む蒼いヴェールは風にな
びきさえしなかった。

ホイールは最後に、クーファ氏からの直近の連絡《れんらく》について口を滑《すべ》らせる。

「ほうっ、時間、旅行？」

セオドーアはいたく興味を示した。

「人間とともにそのような計画を決行すると？」

「え、ええ……わたくしも耳を疑いましたが、人間と協力すれば不可能なことではない、
そうする必要があるのだ……と。な、なんでも計画の要《かなめ》となるのは――」

さらに会話を繋げる材料が、何かないだろうか？　ホイールは懸命《けんめい》に脳を唸《うな》らせる。

断片《だんぺん》的に知らされた情報を、思いつくままに口にした。

「そう！　人間界の高貴な娘《むすめ》たちが重要になるとか。ええと、確か名は――ラ・モール家

のミュール。シクザール家のサラシャ。それとアンジェル家のエリーゼに――メリダ。そう、そうだ。メリダ＝アンジェル――………」

そのときだった。

ホイールの視界のなかで蠢《うごめ》くものがあった。

玉座を囲むヴェールだ。今まで微動《びどう》だにしなかったそれが揺《ゆ》れている……。

セオドーアもすぐにその変化に気づいたようだった。

「わが公《こう》、どうされました？　公？」

『………』

「いま参ります」

セオドーアがきびすを返したので、思わずホイールもあとに続こうとした。

すると、これまででもっとも《吸血鬼《ヴァンパイア》らしい顔》でセオドーアが振《ふ》り返る。

「おまえはここで待て！」

ホイールは全身を竦《すく》み上がらせて、言うとおりにするしかない。

セオドーアは階段を上り、ヴェールの向こうへと隠れた。

玉座にいる人物と何かを話しているようだ……。

その声は静謐《せいひつ》な玉座の間にあっても虫の羽ばたきのようで、あいかわらず男性なのか女性なのか、若いのか年寄りなのかもホイールには判断できない。

間違《まちが》いなく、玉座にいるのはヴァンパイア族でもっとも位の高い者——

会ってみたい、とホイールは当然の感情を抱《いだ》いた。

このままフランケンシュタイン族がヴァンパイア族の傘下《さんか》として一定の地位を得れば、種族の代表であるホイールにもそばに侍《はべ》る権利が与《あた》えられるだろうか。

自身の栄光を、ホイールはその皺だらけの脳みそで思い描いていた。

†　†　†

……しかし、ついぞ彼の野望が叶《かな》うことはなかった。

そのことを、彼はたったひとりの生き残りになって、ようやっと思い知るのである。

LESSON：I　～夢まではあと一歩～

――してやられた、と痛感せずにはいられなかった。

アルメディア＝ラ・モールはドレスの裾《すそ》を煩《わずら》わしそうになびかせながら、早足で歩く。

先導する騎士《きし》のひとりが、ひと足先に扉《とびら》を開けた。

「こちらです、アルメディア公！」

言われずとも、とその騎士を押し退《の》けるように扉をくぐるアルメディアだ。

白い光――

閉塞《へいそく》的な通路から一転、まばゆい明るさがアルメディアの目を刺激《しげき》した。

それだけですぐに気づく。

その部屋に本来あるべき《色彩《しきさい》》が……忽然《こつぜん》と消え失《う》せている！

「永久機関が……!!」

空っぽの部屋を愕然《がくぜん》と見渡《みわた》して、アルメディアはうめく。

そこはフランドールの中枢《ちゅうすう》に位置する巨大迷宮図書館《ビブリアゴート》。その最上層――ラ・モール家の管理する研究区画である。真っ白い石材によって床も壁《かべ》も、常に清潔な光に満ちているその場所は、《宇宙》という、古代語の名称《めいしょう》がつけられている。

どこもかしこも白くて距離感《きょりかん》が摑《つか》めない。

白衣を着た数人の学者たちが、所在無げにしていた。

本来であれば、この部屋の中央には金管楽器《ホルン》に似た巨大な装置が鎮座《ちんざ》していたはずだ。

永久機関――限られた燃料から無限に等しいエネルギーを生み出す夢の発明である。

元々は、先のワーウルフ族とフランドールとの戦いで押収したもので、研究を生業《なりわい》とするラ・モール家が管理を任されていた。このフランドールの中枢にして最重要区画である《宇宙》は、永久機関を保全する上で最適な場所のはずだった。

瞬《また》く間の出来事だったという――

学者たちの証言によれば、この《宇宙》にどこからともなく無関係の集団が乗り込んできたかと思えば、浮《う》き足立つ皆《みな》に向かって言い放ったのだそうだ。

『この永久機関は我々が借り受けマス！』

蒸気式のライフルを向けられては、学者たちに歯向かうすべはなかった。

誰《だれ》かが問うたそうだ、『国家への叛逆《はんぎゃく》か⁉』と。

しかし、賊《ぞく》を扇動《せんどう》していた男はピエロのようなスマイルを浮かべたという。

『イイエ、科学の実験デース！』

そのひとをおちょくるようなしゃべり方と、外見の特徴《とくちょう》から疑いようもない。

「ジャンヌ・クロム＝クローバーめ……!!」

アルメディアは歯噛《はが》みをした。

「オハラでの大掛《おおが》かりな軍事演習が陽動じゃったとは……っ」

クローバーが実権を握《にぎ》るレイボルト財団といえば、最近、もっぱら貴族たちを苛立《いらだ》たせている存在である。フランドールの正規軍はマナ能力者からなる燈火騎兵団《ギルド・フェルニクス》。しかしレイボルト財団は、新たに民間の義勇軍を設立するべきだと主張しているのである。

その名も黒天機兵団《ギルド・オーダイン》――

マナ能力に頼《たよ》らない、科学兵器で武装した平民の戦士たちである。

片や貴族階級への逆風と、片や民衆からの熱烈《ねつれつ》な後押し。

ふたつの《ギルド》は激しく対立し、日夜、舌戦を繰《く》り広げていた。

その矢先に、黒天機兵団《ギルド・オーダイン》は軍事演習を強行しようというのである。

あきらかな挑発行為《ちょうはつこうい》だ。燈火騎兵団《ギルド・フェルニクス》も多くの騎士を動員し、警戒《けいかい》に当たらねばならなかった。貴族の最高位であるアルメディアも、注意を下界へと向けてしまっていた。

その隙《すき》を、まんまと突《つ》かれたのだ……!

レイボルト財団の本命はこちらだった。永久機関!　なんの目的で奪《うば》い去ったのかは見当もつかないものの、これでクローバーはれっきとしたお尋《たず》ね者である。

貴族側も大義名分を得たというわけだ。

アルメディアは颯爽《さっそう》と身を翻《ひるがえ》し、追いすがる騎士へと告げる。

「黒天機兵団《ギルド・オーダイン》の愚《おろ》か者どもを武装解除させよ。——盗人《ぬすっと》はどこへ逃《のが》れたのじゃ？」

「実弾《じつだん》演習にまぎれて、外海へ向かったと……」

「逃《に》げ場《ば》などありはせぬ。追跡《ついせき》はできておるのじゃろう？」

すると、騎士の足音が途絶《とだ》えた。

立ち止まったのだ。苦そうな表情をしている。アルメディアは訝《いぶか》しげに振り向いた。

「どうした？　連中の行き先は？」

「………それが」

騎士が非常に苦しそうに、白状したところによれば——

† † †

「見失ったってのはどういうわけだい⁉」

巨漢《きょかん》が女性言葉で喚《わめ》き立てた。

癇癪《かんしゃく》を起こしているわけではなく、大声を出さないと相手に聞こえないのだった。

潮風の吹《ふ》き荒《あ》れる、海の上だった――

立派な帆船《はんせん》が高波にもてあそばれている。気まぐれに向きを変える風のせいで、甲板《かんぱん》では騎士たちが右往左往だ。空は黒一色で、進む先を教えてはくれない。

それでも、彼らには明確な《目印》があるはずだった。

船のリーダーはスコッチ＝シュナイゼンという騎士だった。押しも押されもしない、燈《ギル》火騎兵団《ド・フェルニクス》の現団長である。レイボルト財団の宿敵として、クローバー社長をふん捕《づか》まえるのは他《ほか》ならぬ彼の役目だった。

その団長が取り乱している。

ぷっくりとした手のひらに望遠鏡を握り締《し》めていた。

「この船はフランドールでいちばん速いんだよ!?　逃げられるはずがあるもんか!?」

望遠鏡の先をやみくもに動かして、海上を睨《にら》みつけている。

しかしどの方位を見ても、海面が目まぐるしく表情を動かしているだけだった。

そんなはずはなかった！　つい先刻まで、盗人の乗る船が目と鼻の先に迫《せま》っていた。そののろまな尻《しり》にかぶりつくまであとひと漕《こ》ぎでよかったはずだ……。

「なのになぜいない!?」

波がぶつかり、邪魔《じゃま》だとばかりに船体を揺るがす。

「障害物の何もない海で！　隠《かく》れられる場所もない！」

シュナイゼン団長はとうとう、役立たずの望遠鏡を投げ捨てた。

傍《かたわ》らの騎士の襟首《えりくび》を摑んで、片手で吊《つ》るし上げる。

「ええっ、おまえ！　答えな！　連中はどこへ消えたんだい⁉」

憐《あわ》れな騎士は唇《くちびる》を紫色《むらさきいろ》にして、ぶるぶると震《ふる》えるしかなかった。

「皆目《かいもく》見当も…………」

捨てられた望遠鏡が、海面にぽちゃん、と呑《の》み込まれてゆく……。

まさにその、望遠鏡の潜《もぐ》り潜ってゆく海の底に――

きらり、と光を反射させたものがあった。

海中を低く唸《うな》らせながら、あぶくを撒《ま》き散らす物体が、横切る。

円錐形《えんすいけい》の金属の塊《かたまり》――

どことなく、海の哺乳類《ほにゅうるい》を彷彿《ほうふつ》とさせるフォルムだった。

窓がある。

窓から外を覗《のぞ》いている、ふたつの瞳《ひとみ》がある。

ルビーのような瞳。

金色の髪《かみ》が、真っ暗な海中にあって星のように輝《かがや》いた。

「メリダお嬢《じょう》さま」

飽《あ》きずに窓の外を眺《なが》めていると、逞《たくま》しい手のひらが肩《かた》に添《そ》えられてきた。

メリダが肩越《かたご》しに見上げれば、そこにいるのは最愛の家庭教師である。

ほんのりと笑《え》みを向けてから、メリダは再び窓ガラスに鼻先を近づける。

「見てください、先生。吸い込まれて、どこまでも落ちていってしまいそう……」

クーファも少し屈《かが》んで、窓ガラスに顔を寄せる。

彼の息遣《いきづか》いを耳もとに感じて、メリダは少し頬《ほお》が熱くなった。

しかし、クーファはやはり気を緩《ゆる》めてはいないようだ。

「さすがのシュナイゼン団長も、海のなかまでは追ってこられませんね」

鋭《するど》いまなざしで海中を睨んで、上体を起こす。

彼はきびすを返した。メリダの肩から手のひらが離《はな》れて、少し肌寒《はだざむ》さを感じてしまう。

けれど、その空白をすぐに愛する従姉妹《いとこ》が温めてくれた。

エリーゼがメリダの右腕《みぎうで》を抱《だ》いて、こつん、と頭をくっつける。

ふたりで静かに、窓ガラスを半分こすることにした。

紅《あか》の瞳と蒼《あお》の瞳が、ガラスの向こうから片方ずつ見つめ返してくる。

メリダはエリーゼと指を絡《から》ませた。互《たが》いのすべらかな手に力が込《こ》められる。

ふたりにだけ聞こえるように、言った。

「……わたしたち、生まれて初めてフランドールを出たのよ」

エリーゼが頭をすりつけて甘えてくる。

銀色の髪が、メリダの頰をこそばゆくすぐった。


その《船》のなかには、さらに数人の人間がいた。

クーファはメリダとエリーゼと、もうふたりを優先して気遣《きづか》わなければならない。

といっても、そのふたりもアンジェル姉妹《しまい》と同様に海に夢中のようだけれど。

「サラシャさま、ミュールさま。お加減はいかがですか？」

同じように窓を半分こしていた彼女らも、クーファを振り返る。

クーファは彼女らの肩に、左右の手のひらを置いた。

――自分が守らねば、と気を張っているのだ。

サラシャとミュールは微笑《ほほえ》みを向けた。

「海に潜るときに、ちょっと耳がきーん……としたぐらいです」

「クーファせんせもご覧くださいな。見たことのない魚が泳いでますわっ」

クーファはまた少し屈んで、少女らの頭のあいだから窓の向こうを見る。

しかし、すぐに上体を起こしてしまった。

「――もう少しの辛抱《しんぼう》ですからね」

そう言って手を離し、きびすを返してしまう。

サラシャとミュールはややもどかしそうに顔を見合わせる。

フランドールを発《た》ってからこっち、クーファはたびたび「今の状況《じょうきょう》はつらいに違《ちが》いない」と決めつけて話をするので、公爵家《こうしやく》の四人娘《むすめ》はちょっぴり困っていた。

いちばん大変なのはクーファ先生のほうなのに……。

それどころか、令嬢《れいじょう》たち四人としては、学校という枠《わく》から飛び出しての大冒険《ぼうけん》に、不謹《きん》慎《しん》にも胸を弾《はず》ませてさえいるのに――というわけだ。

ミュールは窓へと向き直り、サラシャにだけ聞こえるように呟《つぶや》いた。

「せんせにも休暇《きゅうか》が必要だと思うの」

サラシャは内緒話《ないしょばなし》をするように顔を寄せる。

「休暇？」

「癒《いや》しの時間よ。だって今は《旅行中》ですもの」

ミュールは、艶《つや》めいた唇をにんまりと吊り上げる。

「時間を越《こ》える旅よ！」

待ち切れない、とばかりに黒水晶《くろすいしょう》の妖精《ようせい》は笑うのだ。


その《船》は前後に長く、まさしく海洋生物の体内にいるような印象を覚えた。

クーファが船首に向かえば、そこで操縦桿《そうじゅうかん》を握っているのはひとりのピエロである。

半身が機械に換装《かんそう》された、《出来損ないの道化《ジャンク・ピエロ》》――

双眼鏡《そうがんきょう》を思わせる装置に顔を突っ込んでおり、その装置から延びる管は船の天井《てんじょう》に吸い込まれている。機械の指を慎重《しんちょう》に動かして、レバーを操作していた。

邪魔にならぬよう、とは思いながらもクーファは声を掛《か》ける。

「追手はいかがでしょう？　こちらに気づかれた様子は？」

「上手《うま》く撒けたようデス」

特徴《とくちょう》的なイントネーションで、ピエロは答えた。

レンズから顔を離し、にやりと振り返ってくるのが、レイボルト財団のジャンヌ・クロム＝クローバー社長である。

機械の目がキュイ、キュイ、とからかうように拡縮した。

「潜水艇《せんすいてい》マナティー・マリン号の乗り心地《ごこち》はいかが？　ホッホウ！　海には海の魔物がいるとも聞きましたのでネエ～。安全に夜界《やかい》に渡《わた》るのであれば、こうした海中を進む船が入り用になるのではないかと開発していたのデスよ」

「財団の技術力ならではですね。シュナイゼン団長も面食《めんく》らったことでしょう」

「潜航《せんこう》があと十秒遅《おく》れていたら危なかっタ！」

おしゃべりしているあいだにも、ピエロの手は微細《びさい》にレバーを動かし続けている。

今頃《いまごろ》、水上のシュナイゼン団長たちの船は、水平線まで目を凝《こ》らしてクーファたちの行き先を探しているところだろう。しかし、なんたる見当違い……！　彼らの目標はその足の下、船の底、深い海のなかをひそかに泳いでいるのである。

騎兵団《ギルド》の誇《ほこ》る船に速度で敵《かな》うはずがない。

よって、その鼻先で海中に逃れてやったというわけである。

海上に浮《う》かんでいるときは、見てくれの悪い鉄の塊にしか思えなかっただろう。

しかし、水圧に耐《た》えるために必要な構造だった。

この海洋生物《マナティー》の体内には、壁《かべ》一面にびっしりとバルブが配置されていた。

機械的にグロテスクな光景だ……メリダはつい、おそるおそる手を伸ばしてしまう。

しかしその途端《とたん》、クローバー社長の義眼がめざとく駆動《くどう》音を立てた。

「触《さわ》ってはなりませン!!」

「わっ……!」

「マナティーはとってもデリケートなのデス! ホッホウ!」

船じゅうに声を響《ひび》かせてから、クローバー社長はおもむろに手のひらを叩《たた》く。

「シーザ! たぐいまれなる秘書のシーザ!」

するとすぐに、船の後部からぬるりと姿を見せた者がいた。

失礼ながら、「海の遭難者《そうなんしゃ》が乗り込んできました」と言われても信じただろう……。

それぐらい生気の感じられない、スーツ姿の女性だったのだ。

底冷えするような、笑みを浮かべる。

「お呼びになりましたか? 社長……ウフフ」

「退屈《たいくつ》なレディたちにお茶を! いかなるときも優雅《ゆうが》さを忘れてはなりませン!」

「かしこまりましたわ……フフフ、ウフフフフ……っ」

まるで墓場に帰ってゆくかのように、船の後部へと引っ込む。

シーザ＝ツェザリ……クローバー社長がなぜか、全幅《ぜんぷく》の信頼《しんらい》を寄せている秘書。

かつて犯罪組織に所属していたという、いわくつきの女性である。

クーファは神妙《しんみょう》にクローバー社長へと向き直った。

「……あなたに今のうちに聞いておかなければならないことが」

「なんなりト」

「なぜオレやお嬢さまたちに手を貸してくださるのですか？」

クーファと三大騎士《きし》公爵家の四姉妹は、今やフランドールという国そのものから身柄《みがら》を狙《ねら》われている。もはや優雅に学校に通っていられない状況だ。

片やクローバー社長は、機兵団《ギルド》の設立を巡《めぐ》って貴族と対立している身。

……クーファたちを匿《かくま》うことによるリスクのほうが大きいのではないだろうか？

「よもやワタクシを善人だと？　ホッホ、勘違《かんちが》いしてはなりませセン」

クローバー社長は芝居《しばい》がかった調子で指を振《ふ》った。

「これはビジネス――デス」

「取引《ビジネス》？」

「ワタクシは自分の野望のタメにあなたがたを利用しているダケ……必要がなくなれば前《まえ》触《ぶ》れもなく裏切るかもしれナイ。だからあなたがたも、足手まといだと思ったら迷いなくワタクシを切り捨てなサイ」

そうしてピエロは無邪気《むじゃき》に笑うのだ。

「それまでは仲良くしまショ！」

「………」

さすがにクーファには返す言葉もなかった。

ジャンヌ・クロム＝クローバー……彼はもちろん、生来このようなエキセントリックな性格ではなかったはずだ。聞くところによれば、四年前の蒸気実験における事故に巻き込まれて、肉体の半分を失ったことが契機《けいき》になったのだとか……。

「天啓《てんけい》を得たのデス！」と彼はかつて、得意げに語っていた。

それはいったい、どのような信念に基《もと》づくものなのだろう――

† † †

上陸地点は慎重に見定めなければならなかった。

何せ、人間が本格的に夜界への侵攻《しんこう》を始めたのもここ一年以内のことである。充分《じゅうぶん》に追手の船を置き去りにしてから、潜水艇マナティー・マリン号は浮上《ふじょう》した。すると、同じように海面に浮かび上がった船の数は、一、二、三……七つである。

レイボルト財団の私兵とも揶揄《やゆ》される、黒天機兵団《ギルド・オーダイン》。

その本隊がフランドールで陽動を行っているとすれば、こちらはクローバー社長に従って夜界にまで乗り込もうという物好きたち――もとい、精鋭《せいえい》部隊だった。

海中の眺めも興味深いが、やはり人間たるもの空が見えていたほうが落ち着く。

メリダやサラシャたちは、窓の外に味方の船影《せんえい》を見つけてほっ、と息を吐《つ》いた。幸い、海が荒《あ》れてもいない。ランカンスロープの怖ろしげな気配も見当たらない。

そして、もはや眼前に広がる黒々とした大地が――

人間の怖《おそ》れる《夜の領域》。夜界と呼ばれる世界なのだろう。

幾度《いくど》となく送り込まれた調査隊は、死体さえ帰ってくることがなかったという……。

メリダはごくり、と華奢《きやしゃ》な喉《のど》を動かした。

味方などひとりもいるはずがない。

しかし、その大地の隅《すみ》で、きらり、と目印のように光が瞬《またた》いた。

同じものを、レンズを覗《のぞ》いていたクローバー社長も見つけたようだ。

「セント・エルモの導き――あそこが上陸地点のようですネイ」

迷いなく操縦桿を動かす。残りの六隻《せき》の船も引きずられるようにしてついてきた。

そこは湾曲《わんきょく》した浜辺《はまべ》になっていた。岩礁《がんしょう》に阻《はば》まれていて入り込むのには苦労するが、鋼鉄の潜水艇はものともしない。

計七隻、波に押されるままに砂浜《すなはま》へと乗り上げた。

後部ハッチが、割れるように開く。

すると、低い駆動音とともに降りてきたのはがたいの良い《車》だった。一軒家《いっけんや》――というと大げさだが、そう錯覚《さっかく》してしまいそうな威容《いよう》である。潜水艇が繭《まゆ》であるなら、生まれ出てきたのは昆虫《こんちゅう》か……？　ともかくも、そのずんぐりむっくりとした車両に続いて、満足そうに船を降りてきたのがクローバー社長である。

「騎士たちの夜行バスこと――《ナイト・キャラバン》」

エンジンの唸《うな》り声が至高のオーケストラであるかのように、彼はまぶたを下ろす。

「荷馬車に着想を得て開発いたしマシた。キッチンからバスルームまで、生活に必要な設備がひと通り整えられており、夜界の探索《たんさく》を快適にしてくれるデショウ」

機兵団《ギルド》の《機士《ナイト》》たちはなかなかの練度でキャラバンを操《あやつ》り、整列させてみせる。最後《さいこう》尾《び》から、感心しきりの表情で船を降りてくるのが、メリダたち公爵家令嬢《れいじょう》だった。

学校では教わらないような価値観ばかりだ。

夜界での探索といえば、キャンプで野営というのが当たり前のイメージである。機兵団《ギルド》はそれをナンセンスと言うのだ。馬を始めとした動物は、夜界の瘴気《しょうき》に当てられてしまうために連れていけない。ならば車を使えばいいじゃないか、というわけである。

昔ながらの貴族に聞かせれば卒倒《そっとう》しかねない言い分だ。

……彼らが上流階級から疎《うと》まれるわけだ、と。クーファは少女たちのあとから船を降りつつ、そう内心でひとりごちる。

クローバー社長は七台のキャラバンを背に、こちらへ向き直った。

「しかも燃料はネクタルで事足りるときてイル」

「ネクタルで？」

太陽の血、虹《にじ》の油とも称《しょう》される、フランドール特有の資源だ。

炎《ほのお》と交わらせることで、夜の瘴気を振り払《はら》う神聖な輝《かがや》きを放つ。

フランドールの生命線だが、機械の燃料として使えるとは聞いたことがない。

クローバー社長は「チ、チ、チ」と人差し指を振った。

「ワタクシはネクタルに電気刺激《しげき》を与《あた》えることで、熱エネルギーが発生するということに気づいたのデス。その熱量をもって蒸気を発生させ――アチラをご覧に！」

クローバー社長が大げさに腕《うで》で示し、クーファと令嬢たちの顔が右を向く。

巨大《きょだい》な昆虫じみたナイト・キャラバンは、後背部から蒸気を噴《ふ》き出している。

その蒸気は光っていた……砂粒《すなつぶ》のような光が目まぐるしく躍《おど》り、宙に散ってゆく。

クローバー社長の笑《え》みは、おもちゃを自慢《じまん》する子供のようだ。

「キャラバンの機関部が、ランカンスロープを寄せつけない《魔除《まよ》け》となるのデス」

「なるほど」

「こちらも燈火騎兵団《ギルド・フェルニクス》へさかんに売り込んでいるのですが、やはり芳《かんば》しくナイ！　ちょっぴりお値段が張るからでショウか？」

そのとき、砂を踏《ふ》む足音がクーファたちのもとに近づいてきた。

「――それよりも、車である以上は荒れ地に弱いということが理由でしょうね」

まるで舞台《ぶたい》俳優のような美声である。

はっ、と真っ先に顔を向けたのは、サラシャだった。

「……兄さんっ！」

片手にランタンを提《さ》げた、黒装束《くろしょうぞく》の美青年。

その黒は喪服《もふく》であり、同時に彼の罪を示す色――

セルジュ＝シクザールが、儚《はかな》げな笑みを浮かべてそこに立っていた。

「無事に辿《たど》り着いて何よりだ」

サラシャは砂を蹴《け》った。

左右の腕を広げて駆《か》け寄り――そのまま兄に抱きつこうとしただろう。

しかし、寸前で周囲の目を意識したようだ。

目前で踏みとどまり、「こ、こほんっ」と威厳《いげん》を取り繕《つくろ》う。

「お、お出迎《でむか》えごくろうさまです……っ」

セルジュはわざとらしく丁寧《ていねい》に、腰《こし》を折ってみせる。

「光栄にございます、シクザール公――」

彼は隻腕《せきわん》だった……。

叛乱《はんらん》を起こした罰《ばつ》として、他《ほか》ならぬサラシャが左腕を預かったのである。クーファや、公爵《こうしゃく》家の姉妹《しまい》たちだけの場ならともかく、今は黒天機兵団《ギルド・オーダイン》の目が多い。

兄妹《きょうだい》の会話もそこそこに、セルジュはクローバー社長に歩み寄った。

クローバー社長はシルクハットを取って、お辞儀《じぎ》。

「セント・エルモの導き――感謝いたしマス」

セルジュは片手に、ランタンを掲《かか》げてみせた。

「機兵団《ギルド》を受け入れる準備は整っています……が、さすがに驚《おどろ》きました。僕が留守にしている短期間で、フランドールがそのような状況《じょうきょう》になっていたなんて……」

続けて砂を踏み、会話に加わるのが、クーファだ。

「お嬢さまたち四人にとって、もはやフランドールは安全な場所ではありません」

「だからといって夜界に逃《に》げ場所を求めるなんてね！　やあ、やあ、クーファくん。大胆《だいたん》なことを考えるものだ。そして、大胆なことをしたものだ」

「セルジュさま？」

にこにこと笑みを浮《う》かべる彼は、至極嬉《しごくうれ》しそうだった。

……否《いや》、楽しそうだった。

「覚えているかい？　僕がワーウルフと組んでやんちゃをしたとき、もっともらしく説教しにきたヤツがいたっけなあ。そう、他ならぬきみのことだ」

「…………」

「ところが、なんてこった！　今やきみこそがフランドールに叛旗を翻《ひるがえ》し、追っ払《ぱら》ったはずの僕にさえ泣きつくような状況ときている」

何が言いたいのか分かった。セルジュは満面の笑みだ。

「お尋《たず》ね者になった気分はどうだい、クーファくん？」

「とりあえず目の前の頰《ほお》を張り飛ばしてやりたい気分です」

そうして笑顔で睨《にら》み合っていると、見かねたメリダとミュールがおずおずと歩み出してきた。「ク、クーファ先生？」「セルジュお兄さま？」

「「……仲良く」」

ご令嬢《れいじょう》たちにそう言われては、クーファとしてはセルジュの肩《かた》に腕を回し、ふたりで快活な笑い声をシンクロさせるしかない。

「何を言っているんだい！　僕とクーファくんは仲良しの大親友さ！」

「そうですとも！　まさに再会を喜び合っていたところ！」

――もちろん、その足もとで互《たが》いの靴《くつ》を踏んづけることは忘れてはならない。

砂浜で不毛な争いをしていると、黒天機兵団《ギルド・オーダイン》がとっくに準備を整えたようだ。

六台のキャラバンから、クラクションが鳴る。

クローバー社長は率先《そっせん》して七台目の運転席に上り、クーファたちを手招いた。

「ササッ、挨拶《あいさつ》はそこそこにして参りまショウ！」

颯爽《さっそう》と身を翻すのがセルジュだ。

「もっともだね。フランケンシュタイン族の領地とはいえ、ここも敵の――ランカンスロープの縄張《なわば》りだということを忘れてはいけない」

セルジュは片手でランタンを持ちつつ、キャラバンのドアを開けた。

車内から溢《あふ》れる光を背負い、振《ふ》り返るのだ。

「ようこそ夜界へ。フランケンシュタイン族の都――カルナネイブルへと案内するよ」

「……っ」

メリダたち四人はごくりと喉を動かし、順次、足を踏み出す。

浜辺からは一本の、道ならぬ道が延びていた。

森の向こうへと続いている。

濃《こ》く立ち込める霧《きり》が、そのなかに潜《ひそ》むものを隠《かく》す。

もしもメリダに翼《つばさ》が生えて、この場所を空から見下ろせたなら——

視界の果てまで大地を埋《う》め尽《つ》くす樹海に、目まいを起こしていただろう。

「これが夜界……っ」

思わず少女たちの脚《あし》が強張《こわば》る。その背中に、クーファが左右の手を添《そ》えてくれた。

「そうです。どこまでも続く森と霧の世界。夜の瘴気と呼ばれるこの霧のなかでは、決してランタンを手放してはなりません。ひとたび光を見失ったが最後——…………」

彼はその先を口にしなかった。

けれど、メリダたちにだけ聞こえるぐらいの声で、呟《つぶや》くのだ。

「……オレのふるさとです」

彼はどんな顔をしていたのだろうか？

メリダは振り返りたかったけれど、そうすることができなかった。

セルジュ＝シクザール

位階:ドラグーン

HP	7208	MP	845		
		防御力	640	敏捷力	866
攻撃力	668(802)	防御支援	−		
攻撃支援	0~33%				
思念圧力	50%				

主なスキル／アビリティ

飛翔Lv.9／エアリアルエッジLv.9／エアリアルシェルLv.9／刹鬼覚醒Lv.X／ブレイブ・アル・ザリク／マラクシア・ソーン／キルスペクター／エアレイド《穹竜》

CATALOG.01　マナティー・マリン号

レイボルト財団ご自慢の発明品の一つ。

数年前まで幽霊艦隊フライング・ダッチマンが幅を利かせていたように、夜界の海もまた人間にとって危険な環境である。そこで、海中深く潜航することで姿を消し、音を消し、果ては電波や超音波などによる索敵さえもやり過ごす手段が考案されたというわけだ。

四基の魚雷のほか、瞬間的な加速を可能にする補助ブースターなどの装備、さらには長期の潜航を想定した食卓や寝台まで備えられており、まさしくレイボルト財団の最先端技術の結晶と言えるだろう。

（時価25,000,000,000G）

LESSON：Ⅱ　～岩塩窟《がんえんくつ》の竜《りゅう》～

メリダたちが夜界《やかい》に抱《いだ》いていた漠然《ばくぜん》としたイメージは、「暗い」だったけれど――

予想外にも、その森と霧の世界にはほのかな明かりがそこかしこに見えた。太陽《ネクタル》の力強い輝きとは違《ちが》う……魂《たましい》にそっ、と寄り添うような慎《つつ》ましさである。

それこそが夜界の資源である《ネメシス》なのだそうだ。

蒼白《あおじろ》い水晶《すいしょう》のように見える。

地面から岩のように突《つ》き出していたり、はたまた果実のように樹《き》から垂れ下がっていたり……装飾《そうしょく》が施《ほどこ》されているものもある。ひとの手が入っているのだ。

ひと、というよりは、ランカンスロープだけれど。

フランケンシュタイン族が、「我らの領地だ」という意味で配置しているのだそうだ。

七台のキャラバンは浜辺《はまべ》から森へと入り、ほのかな光を追って霧の向こうへと進む。

ネメシスの道標《みちしるべ》は次第《しだい》に数を増し、装飾も凝《こ》ったものになってゆくのが分かった。

つまりは、本拠地《ほんきょち》が近い。

先頭車両のなかで、メリダがおぼろげにそう察した途端《とたん》、道が途切れた。

窓の向こうから光が押し寄せてくる。

森を抜《ぬ》けたのだ。するとその先には――

なんたることか！　森に囲まれて荘厳《そうごん》な都が築かれていたではないか。高い城壁《じょうへき》の向こうに、さらに天へと延びるいくつもの尖塔《せんとう》が見える。窓の数からして相当な大きさのようだ。なんという高層建築技術……！

しかし何より目を引くのは、建材の色だ。

城壁も、塔も、そして舗装《ほそう》された道路も、すべてが乳白色一色である。石の内側に光源《ネメシス》が埋め込まれているのか、建物そのものが淡《あわ》く光っていた。それゆえだろうか、街燈《がいとう》のたぐいがない。フランドールとは一線を画する街並みである。見上げるほどの偉《い》城門の左右には、屈強《くつきょう》なフランケンシュタイン族が待ち構えていた。見上げるほどの偉丈夫《じょうふ》だが、身長のほとんどを上半身が占《し》めていて、下半身が貧弱《ひんじゃく》である。

そして、おつむは幼児に近しいようだ。手にした槍《やり》で猛々《たけだけ》しく地面を突く。

「その《モクモク》は通さない！」

「どうしてもダメかい？」

ゆいいつ顔の利《き》くセルジュが説得するも、門番たちはかぶりを振るばかりだった。

「おデたちは門を守る!!」

セルジュは肩をすくめて、「お手上げ」の仕草をした。

というわけで、もくもくとネクタルの蒸気を吐《は》き出すキャラバンは城門の外に停めることになった。一応の見張りを門番のふたりに頼《たの》んでおいて、皆《みな》で城門をくぐる。

フランケンシュタイン族の都、カルナネイブル――

平民階級であるクローバー社長や機兵団《ギルド》の皆はもちろん、メリダたち公爵家の四姉妹にとっても、初めて目にするランカンスロープたちの暮らしである。

先導して道を歩くセルジュが、肩越《かたご》しに振り向いた。

「言っておくけれど、ここはまだ人間の暮らしに近いんだよ」

そうは言われても、メリダたちとしては三百六十度に広がる乳白色の建造物に圧倒《あっとう》されるばかりである。さながら未来の街にやって来てしまったような感覚だ。

目を白黒させている教え子たちへ、クーファはおのずから講釈《こうしゃく》してやった。

「お嬢さま、この乳白色の石の正体がお分かりになりますか？　――岩塩です」

「岩塩……お塩、ですか⁉」

メリダたち四人が、揃《そろ》ってクーファを振り向く。

クーファは神妙《しんみょう》に頷《うなず》いた。

「もともとこの街は、フランケンシュタイン族が作り上げたものではありません。古代

——空に太陽と月が存在していた時代に、人間が暮らしていたと考えられています」

「古代の人間が……」

まさにその時代の血を直接宿すミュールが、感慨《かんがい》深げに目を伏《ふ》せる。

そんな彼女の背に手を添えて、クーファは続ける。

「このカルナネイブルばかりではありません。夜界の各地に残されている古代都市、その遺跡《いせき》は、すべてが岩塩で構成されていることが分かっています」

エリーゼがこてんと首を傾《かたむ》けて、鈴《すず》の鳴るような声で問うた。

「むかしのひとは、塩の街に暮らしてたの？」

「……おそらくは、そうではないでしょう」

「僕もそう思うね」

セルジュが口を挟《はさ》んできた。女の子たちの視線が忙《せわ》しなく往復する。

セルジュはすでに、夜界にまつわる多くの知識を得ているのだ。

「塩で街を建てるにしたって、徹底《てってい》し過ぎている。カーテンを塩で作る合理的理由があるかい？　おそらく古代の街々は初めから塩だったのではなく、何か………」

セルジュはもどかしそうに言葉を探した。

クーファがその先を引き継《つ》いでやる。

「――何か全世界規模の災厄《さいやく》が起こり、それによってすべての街は塩と化した。途方もない話ですが、そう想像するよりありません」

「災厄……」

メリダは自然と、墨《すみ》で塗《ぬ》り潰《つぶ》されたような空を見上げた。

世界じゅうの街をいっせいに塩にした、未曽有《みぞう》の大災厄……その真実はいったい？

一行はいつの間にか足を止めてしまっていた。

機兵団《ギルド》にはレイボルト財団から出向している技術者が含《ふく》まれており、総勢で三十人近い規模だ。そんな集団が道のど真ん中で立ち往生していては否応《いやおう》なく目につく。

乳白色の建物から、その窓から、続々とフランケンシュタイン族が顔を出した。

彼らの容姿はまだしも人間に近い。……何しろ、人間の身体《からだ》をばらばらにして自らに縫《ぬ》い合わせているのだから。さすがに機兵団《ギルド》の者たちは慄《おのの》いた。

クローバー社長だけは面白《おもしろ》がるように体を揺《ゆ》らす。

「おおっ、使者どの……！」

やがてフランケンシュタインたちは、クーファに気づく。

皆が頭を下げ始めたので、クーファの心臓に冷《ひ》や汗《あせ》が伝った。

サラシャ、ミュール、エリーゼの三人はまるで事情が呑《の》み込めないだろう。

「使者って……？」

「フランドールからの使者、という意味でしょう」

クーファは苦しい言い訳をする。

よもや自分の正体がヴァンパイアであり、一族の代表者と偽《いつわ》ってフランケンシュタイン族に協力を取りつけている——などと、教えるわけにはゆくまい。

セルジュが助《たす》け舟《ぶね》を出そうとしてか、一歩踏《ふ》み出した。

「ドクター・ホイールはどこだい？」

「副主任はしばらく姿を見ておりませぬ」

「そうか。まあいい。研究塔を借りるよ」

言って足早に、再び先導して歩き出す。

クーファやクローバーたち一行はおとなしくそのあとに続いた。なぜクーファがこれまで、あまりこの街に立ち寄りたくなかったのかと言えば、ぼろを出すわけにはいかないからだった。こうべを垂れるフランケンシュタインたちには申し訳ないと思わなくもない。

しかし……。

「見なされ。大量の人間を連れてきてくださった！」

一行の背後から、こそこそとしたやり取りが聞こえてくるのだ。

「実験材料が手土産《てみやげ》とは、気前の良い！」

「あの男のふとましい腕《うで》は私がもらうぞ」

「そろそろ左の足を換《か》えたいと思っていたのだ」

「ついに不老不死の術を伝授してくださるに違いない！」

そんな身の毛のよだつような欲望《よくぼう》を知ると、同情する気も消え失《う》せるのである……。

一行は早々に、ひとつの塔へと引っ込んだ。

セルジュは勝手知ったるなんとやら、迷いなく階段を上ってゆく。

「すでに客を待たせているんだ」

と、彼は背中で語った。「客？」とメリダたちは顔を見合わせる。

足が疲《つか》れるほど階段を上って、ようやくセルジュはひとつの扉《とびら》を開ける。

その先は広々とした会議室のようだった。

セルジュの言葉どおり、先客がふたりいる。部屋に入るなり、まず目をまん丸くしたのはサラシャだった。

「ク――クシャナ姉さんっ⁉」

ひとり目は、いかにも武人然としたたたずまいの麗人《れいじん》。名はクシャナ＝シクザール。

セルジュ兄妹《きょうだい》の従姉妹《いとこ》である。サラシャは開いた口が塞《ふさ》がらない様子だ。

同じぐらいに驚《おどろ》いたのが、ふたり目を見つけたメリダだった。

「フリージアさんも！　どうして⁉」

じろりと見返すだけのクシャナとは違い、その傍《かたわ》らの少女はぺこりと、丁寧《ていねい》にお辞儀《じぎ》をしてみせる。寒冷地用の戦闘服《せんとうふく》をまとい、肌身《はだみ》離《はな》さずライフルを持つ。そんな彼女の名はフリージア＝ブラマンジェ……。

かつてシクザール家の客員銃士《じゅうし》であり、その実態はワーウルフ族の秘蔵《ひぞう》っ子《こ》であり、その呪縛《じゅばく》から解き放たれた今は──メリダやエリーゼの敬愛する、聖フリーデスウィーデ女学院の前学院長の、養子という立場に収まっている。

クシャナが口を開こうとしないので、フリージアが率先《そっせん》して言った。

「お義母《かあ》さまがみなさまの窮境《きゅうきょう》を知り、わたしにも何か助けになるようにと──」

メリダは感極《かんきわ》まって駆《か》け寄り、フリージアの左右の手を取った。

「ブラマンジェ学院長は、大丈夫《だいじょうぶ》？」

「はい。弟と妹たちを、全員残してありますゆえ」

空っぽの自身の影《かげ》を、ちょっぴり心もとなさそうにフリージアは見下ろす。

メリダは握《にぎ》る手に力を込《こ》め、慎重《しんちょう》に問わねばならなかった。

「でも、わたしたち燈火騎兵団《ギルド・フェルニクス》から追われている身なのよ？　力を貸したらフリージアさんだって、ブラマンジェ学院長先生だって……」

そこで、傍らのクシャナが身じろぎをした。

「そのことに納得《なっとく》していない者も多い、ということさ」

関係者の全員が、クシャナに視線を集める。

物怖《ものお》じせず、彼女は言葉を繋《つな》げた。

「もはや燈火騎兵団《ギルド・フェルニクス》は一枚岩ではない。特に公爵家令嬢《おまえたち》を攻撃《こうげき》対象にしたことの是非《ぜひ》について主張が真っ二つに割れている。政争に巻き込まれる前に私はいち早く身を隠《かく》し、おまえたちと合流するためにフランドールを出た」

そうして先んじて、サラシャたちの訪《おとず》れを待っていたというわけだ。

クシャナは己《おのれ》の手のひらに目を落とした。

「アルメディア公はどうにかこの混沌《こんとん》を収めようと奔走《ほんそう》し、フェルグス公は思うように身動きが取れずに胸を痛めておられる」

メリダは静かにまぶたを伏せて呟《つぶや》いた。「お父さま……」と。

クシャナの声にはもどかしさや憤《いきどお》り、そして覇気《はき》が満ちていた。

「シクザール家は元来、あまりまつりごとには携《たずさ》わらずにいた」

ぐっ、と手のひらを握る。

「よって我々はまだ、どの勢力にも依《よ》らない。私もこの目でフランドールの真実とやらを確かめさせてもらおうではないか！　この槍《やり》を、いかなる信念によって揮《ふる》うべきかを!!」

そこで感涙《かんるい》にむせぶのは、芝居《しばい》がかったクローバー社長だった。

「頼もしい味方がたくさんッ！」

機械の手でけたたましい拍手《はくしゅ》をする。

クシャナなどはファンキーな彼に白い目を向けるものの、クーファとしては社長に同意だった。何せここは敵地である。セルジュと双璧《そうへき》を成すクシャナの助力はもちろん、フリージアにメリダたちの護衛を任せられることになったのも心強い。

頼《たの》もしい味方を加えて、いよいよ会議の幕開けである。

フランケンシュタインたちに横槍を入れられる心配はない。それでも念のため、扉の前にふたりの機士を見張りに立て、主要な人物たちが岩塩製のテーブルを取り囲んだ。

渦中《かちゅう》の人物であるメリダ、エリーゼ、サラシャにミュール。

なんとしても彼女らを守らんと意気込むのは、クーファにセルジュに、クシャナとフリージアといった歴戦のマナ能力者たち。

そして機兵団《ギルド》の音頭《おんど》を取るのはもちろん、ジャンヌ・クロム＝クローバー社長……傍らにはぺったりと、シーザ＝ツェザリ秘書が付き添《そ》う。

口火を切ったのはクローバー社長だった。

この荒唐無稽《こうとうむけい》とも思える《旅行計画》の、発案者である。

「皆々《みなみな》サマ！　まずはお集まりいただき感謝いたしマス……」

破れたシルクハットを取り、錆《さ》びついたゼンマイ人形のようにお辞儀をする。

「これよりお話ししマスのは、ワタクシの長年の夢——そして公爵《こうしやく》家のレディたちにとっては、悲劇の筋書きを変えるたったひとつの糸口となるモノ」

シルクハットをかぶり直し、義眼をきらりと光らせる。

「時間の旅」

「……っ！」

「この世界の遥《はる》かな過去へと向かい、そこで何が起きたのカ？　アルメディア公が、燈火《ギルド・》騎兵団《フェルニクス》がひた隠しにしているフランドール樹立の真相とハ？　それを自らの目で、確かめにゆくのデス、ホッホウ……」

義眼のレンズに、一同の緊張《きんちょう》の面持ちを順繰《じゅんぐ》りに映す。

クーファは、言われるまでもない、と人知れず決意を新たにしていた。

遥か、遥かなときを遡《さかのぼ》った先で、現状を打開する糸口が見つかるはずだ。

なぜアルメディアや、暗部組織・白夜騎兵団《ギルド・ジャッククレイブン》は歴史を抹消《まっしょう》しようとするのか？

メリダたち公爵家令嬢《れいじょう》を葬《ほうむ》ってまで、闇《やみ》に埋《う》めなければならない禁断の箱《パンドラ》の中身とは？

——黙《もく》して語らぬつもりであれば、この手で暴《あば》いてみせよう。

時間の壁《かべ》を打ち破ってでも！

緊迫《きんぱく》した空気のなか、クローバー社長は「チ、チ、チ」と人差し指を振《ふ》る。

「難しく考える必要はありマセん。みなサンは列車に乗って、ちょっぴり遠い異国の地へ旅に出かけるダケ——さあさっ、トランクに荷物を詰《つ》め込んデ！　チケットはこのワタクシが、ご用意いたしましョウ……！」

黒天機兵団《ギルド・オーダイン》の技術者たちは早くも浮《う》かれ気分のようだ。

しかし、そこで懐疑《かいぎ》的な声を出したのがクシャナだった。

「本当にそのようなことが可能なのか？　時間を越《こ》えて旅をするなど……」

クローバー社長は慇懃《いんぎん》に彼女へと向き直った。

「勝算がなければ投資などいたしマセん。楽しい旅行を成功させるためにはあらゆる条件を見極《みきわ》め、ひとつずつ解消《チェック》してゆくことデス」

「条件……」

「時間を越える旅に必要とされるのは、三つの条件——《エネルギー》、そして《場所》と《年月》デス」

クローバー社長は身振《みぶ》り手振りを交え、巧《たく》みに皆《みな》の関心を集めていた。

まずは指を一本立てる。

「ひとつ目の条件は、ワームホール……時空にトンネルを穿《うが》つだけの絶大なエネルギーが必要デス。しかしコレに関してはすでに、こちらにいる《元王爵》サマがおあつらえ向きの装置を発明してくださいマシた」

注目を集められて、セルジュは皮肉っぽく唇《くちびる》を曲げる。

「マッド・ゴールドが心血を注いだ、永久機関だね」

そのとき、フリージアが複雑そうに目を伏《ふ》せたが、クローバー社長は気づかなかったようだ。機械の関節を鳴らしながらしきりに指を振る。

「苦労してかっぱらってきた甲斐《かい》がありマシた！」

クーファは腕を組み、興味本位で問うた。

「しかしどういった原理なのですか？　ワームホールとは……」

「いちから説明するのは難しいのデスが」

クローバーは左右の腕を垂直に絡《から》ませて、機械的に上げ下げした。

何を表現している仕草なのか、素人《しろうと》にはさっぱり分からない。

「縦・横・奥行きからなる三次元。これに時間の概念《がいねん》を加えた四つの軸《じく》によって、我々のいる世界は構成されていると考えられマス。それをこう――」

左右の腕を無理やりに捩《ねじ》る。

ツイストドーナツのようなありさまである……。

「折り曲げテ」

「はあ……」

「孔《あな》を開けマス」

誰《だれ》がその役をするのかと思えば、ツェザリの秘書だった。

社長の両腕の隙間《すきま》に強引《ごういん》に手のひらを突《つ》っ込み、ずぼりと貫通《かんつう》させる。

社長と秘書で妙《みょう》な体勢で密着し、満面の笑《え》みを向けてくるのだ……。

「すると、どうでショウ。このトンネルを通り抜《ぬ》けたとき、我々のいる場所は未来かもしれないし、過去かもしれない――というわけデス。お分かり？」

クーファは深々と頷《うなず》いた。

理解しようとするだけ無駄《むだ》なのだ。慇懃に手のひらで示す。

「話の先をお願いします、社長」

「ご丁寧《ていねい》にドウモ。ここでひとつ注意しなければならないのは――」

秘書との妙な抱擁《ほうよう》を解き、クローバーは大仰《おおぎょう》に左右の腕を広げた。

「おそらくチャンスは一度きり、ということデス」

「一度、だけ……？」

「イエス。聞くところによれば永久機関の生み出すエネルギーは《実質永久》であって、厳密には無尽蔵《むじんぞう》ではないのだトカ。何万年分ものエネルギーを蓄《たくわ》えてはいるものの、わずかずつ、消耗《しょうもう》している。いつかは、尽《つ》きる。そのすべてをいっぺんに吐《は》き出して、なお、時空にトンネルを開けられるのは一回きりが限度でショウ」

室内の面々は神妙《しんみょう》に口を噤《つぐ》んだ。原理はさっぱり呑《の》み込めないものの……。

エリーゼが誰にともなく呟いた。

「……片道切符《きっぷ》？」

クローバー社長はオーバーアクションで笑う。

「もちろん、往復デス。そこまで杜撰《ずさん》じゃありマッセん！」

少女たちの安堵《あんど》した様子を横目に見ながら、クーファは腕《うで》を組む。

「であれば、慎重にならなければなりませんね。せっかく時間を越えた先で、なんの手掛《てが》かりも得られなかったら取り返しがつかない」

「お分かりいただけてナニヨリ。我々はどれほどの時間を遡って、どこへ向かうべきカ？これが重要になってきマス。——用意周到《よういしゅうとう》なシーザ！」

社長が合図をすると、まさしく準備万端《ばんたん》の秘書が何かを抱《かか》えてきた。

テーブルに広げてみせたところによれば、地図である。

しかし途方《とほう》もない規模だ。

フランドールの国内図ではありえない……。

メリダたち四人は地図を覗《のぞ》き込んで、息を呑んだ。

「先生、これって……！」

「ええ、夜界の全体像でしょう。オレも初めて見る――」

詮無《せんな》いことなのだけれど、クーファはつい幼い日の自分と母が彷徨《さまよ》っていた場所の手掛かりを、見覚えのない地図に探してしまう。

人間の世界であるフランドールなど、一地方に過ぎなかった。しかしながら、なんたる皮肉か。その小さな島国がメインディッシュかのごとく、地図の中央を占有《せんゆう》している。

この地図について解説するのは、セルジュの役目だった。テーブルに腕を伸《の》ばす。

「僕はフランケンシュタインたちに協力してもらって、この世界の《果て》を見に行ってみたんだ。フランドールの学者が一度は議論し、決して結論の出ることのない《世界の外側》を求めてね。そこはどうなっているのだろう？　巨大《きょだい》な滝《たき》が落ちているのだ――天高く壁が切り立っているのだ――はたまた、さらなる未開の大地が広がっているのだ、なんて主張する者もいた。さて、その真実は？」

「……!!」

皆が息を呑む。セルジュは地図の右端《みぎはし》へと、指先を滑《すべ》らせた。

「夜界の東の果てと言われるダミラム半島。僕はここから船を出し、さらに沖《おき》へと向かってみた。そこには何があったと思う？」

クローバー社長は身をよじった。「焦《じ》らさないで教えてくだサイ！」と。

するとセルジュは、また指先を滑らせるのだ。

今度は地図の、左の端へと。

「――夜界の西の果てと言われる、マガラ湾《わん》へと辿《たど》り着いたのさ！　つまり、僕たちの生きるこの世界の形は……」

「ワタクシの予想どぉ――――り!!」

クローバー社長が馬鹿《ばか》でかい声で遮《さえぎ》った。

忙《せわ》しなくぱちん、ぱちんと指を鳴らし、秘書に何かを合図する。

そして、シーザ秘書が何を運んできたのかと言えば――

「……ボール？」

メリダたちは眉《まゆ》をひそめた。

子供が玉遊びをするにはやや大きいだろうか。クローバー社長はそれをテーブルに置くと……なんとも落ち着きのない。地図がくしゃくしゃになるのも構わず、ボールを包み込んだのである。

「つまりはこう！　こうデス！」

本人は大興奮で、ラッピングしたボールを見せびらかしてみせる。

機械の人差し指で、ボールの表面を突っつき回した。

「ここがフランドールで——海を渡《わた》って、こう、今ココに来た！　ここから東に向かうと——一周して、ぐるっと戻《もど》ってくる！　我々の世界は《球体》なのデス、ホッホウ！　これは世紀の大発見ダ!!」

黒天機兵団《ギルド・オーダイン》の者たちが、おおっ！　と沸《わ》き上がった。

確かに、この事実をフランドールに持ち帰れば表彰《ひょうしょう》ものだろう。

しかし、メリダたち公爵家令嬢の四人は、周囲とは温度差があった。

すでによく似たものを目にしたことがあるからである。

エリーゼがメリダに顔を寄せてきた。

「……ねえリタ、覚えてる？」

「ええ。わたしも同じものを思い出してたわ、エリー」

その隣《となり》でサラシャも頷いた。奇《く》しくも、この四人で発見したのだから。

「ビブリアゴートで見つけた《世界儀》に、そっくりに思えます……」

四人が一年生のときに臨《のぞ》んだ司書官認定《にんてい》試験で、歴史的な資料として見つけた謎《なぞ》の球体だ。『世界の真理を表すもの』という触《ふ》れ込みだったはずである。

球体が軸で固定されているだけで、当時の彼女らには面白《おもしろ》みのないものだったが……。

ミュールは懐疑的なまなざしをしていた。

「でも、おかしくないかしら？」

ほかの三人が彼女のほうを向く。「おかしい、って？」

ミュールは流し目を向けて、左右の手でかつて目にした世界儀を表現する。

「あのボールを作った昔のひとも、世界の果てを確かめに行ったたってことよね？」

「そう、なるね」

「でも灰色一色だったじゃない。地図みたいに街の名前も、海の場所も、山の形もなんにも書かれていない。あんなボールだけ後生《ごしょう》大事に遺《のこ》されたたって、後世のひとたちには何も伝えることができないわ。資料としての価値がないのよ！」

メリダたちには答えようがなかった。ミュールは難しい顔で腕《うで》を組んでしまう。

「何か……間違《まちが》えているような気がする……――」

ほかの三人は顔を見合わせた。

どちらにせよ、専門外の彼女らに結論を出せるはずもない……。

大盛り上がりのクローバー社長らは、令嬢《れいじょう》たちの機微《きび》を知る由《よし》もなかった。くしゃくしゃになってしまった地図を再びテーブルに広げ、念入りに皺《しわ》を伸ばしてみせる。

「これは非常によいニュースデス。大きな心配がひとつ取り除《のぞ》かれタ！」

クーファは眉を上げて問うた。「すると？」

興奮冷めやらぬクローバー社長は、ピアノを弾《ひ》くようにして地図を叩《たた》く。

「先ほど『時空間を折り曲げてトンネルを開ける』とお話ししたでショウ。すると、トンネルを抜けた先で、我々はこの世界のどこに現れるカ？　という問題があるのデス」

「場所、ですか……」

クローバー社長は丁寧《ていねい》に伸ばした地図を、折り畳《たた》んだ。

幾重《いくえ》にも折り畳む。

それなりの厚みが出たところで、真上から人差し指を突き立てる。

「ワームホール」

ずぶり、と。あくまで声だけで、地図を貫通させたことを表現する。

それから地図を広げてみせた。

地図上には、爪痕《つめあと》が点々と穿《うが》たれている……。

クローバー社長は身振《みぶ》り手振りを交えて訴《うった》えた。

「トンネルを抜けたあとにどこへ出るカ？　これが非ッ常に重要なのデス。そこが海のど真ん中であれば、我々は水没《すいぼつ》するしかナイ。もし世界の果てが滝であったなら、トンネルの出口は奈落《ならく》へと続いているかもしれナイ……」

「なるほど。しかし世界が球体であり、果てと果てが繋《つな》がっているのであれば――」

クローバー社長は嬉《うれ》しそうに唇《くちびる》を曲げて、クーファの顔を指差した。

「ご名答《エクセレント》。少なくとも、世界の外へと弾《はじ》き出される心配はナイ、ということデス」

女の子たちはこぞって、クーファへと熱っぽい視線を向けた。

「すごいですっ、先生！」

「冴《さ》えてる」

「さすがはわたしの旦那《だんな》さまですわ？」

そこで、焦《あせ》ったように咳払《せきばら》いをしたのがセルジュだ。

右手のひらで、テーブルを威勢《いせい》よく叩く。

「しかしながら課題はまだ残されている！　それがなんだか分かるかい、クーファくん。いやあ、分からないか。ならこの僕が解説してあげよう！」

口を挟《はさ》む暇《ひま》もない早口である。クシャナがため息をついていた。「張り合うな」と。

セルジュはもういちど咳払いをして、息を落ち着けた。

そうして人差し指を立てる。

「――それは、我々のいる現在と過去の世界は、決して同じ地形ではないだろうという点だ。昔は河が流れていた場所が、今は干上《ひあ》がっているかもしれない。逆にいま存在する湖は、昔は単なる窪地《くぼち》だったかもしれない。街が滅《ほろ》び、森が広がったかもしれない。ここカルナネイブルとて、いつの時代に築かれたものかは分かってはいない……」

酷使《こくし》された地図を、労《いた》わるように撫《な》でた。

「この《現在の地図》は、トンネルの出口を定めるための当てにはできないんだ。確実に古代との接点がある安全な出口を、見つけなければならない」

「安全な出口……」

「手掛かりは、ひとつだ」

セルジュは地図上に指先を滑らせた。

一点で、止める。

「僕が幼いミュールの写真と、ミュールからの謎の手紙を見つけた《ティンダーリアの遺《い》跡《せき》》――ここだけは確実に、遥《はる》か古代から存在していたと考えられるのさ」

メリダたち友人三人が、ミュールの顔を見た。ティンダーリアと言えば、幼いミュールの写真を収めたロケットペンダントに刻まれていた、これまた謎の単語である。

セルジュも悪戯《いたずら》っぽい笑《え》みで、彼女を窺《うかが》う。

「ほかに呼びようがなくってね。構わないだろ？」

「もちろんですわ、お兄さま」

艶然《えんぜん》と微笑《ほほえ》み返す、ミュールである。

クーファはおとがいに指先を添《そ》えた。

「先ほどクローバー社長のおっしゃっていた意味が分かりました。旅立ちの《場所》——我々はこの遺跡にトンネルの入口を開け、同時に出口とすることで、安全確実に過去の世界へと降り立つ——そういうことでしょうか？」

「ご名答《エクセレント》」

クローバー社長は左右の人差し指でクーファを指す。

そろそろ頃合《ころあ》いだろうか。クーファは慇懃《いんぎん》に胸に手のひらを当てた。

「オレには思いもよりませんでした。さすがはセルジュさまです——」

「すごいわ、兄さん」

サラシャも追随《ついずい》してくれる。次いでふたりは、もうひとりへと視線を注いだ。

クシャナは、腕を組んだまま深々とため息をついた。

「………私も鼻が高い」

「そうだろう、そうだろう！」

ご満悦《まんえつ》で胸を膨《ふく》らませる、セルジュである。

ともかくも、これで条件のふたつはクリアだ――

クローバー社長はもう一度、指でぱちんと秘書に合図をした。

「星間羅針盤《らしんばん》を」

シーザ秘書が何かを運んできた。

コンパスに似ているが、多くの目盛りや針があり複雑な機構をしている。合計七つ。それなりの重みがあるようで、ごとり、ごとりと鈍《にぶ》い音を立ててテーブルに並べられた。

クーファにクシャナ、そしてクローバー社長がひとつずつ手に取る。

地図とにらめっこしながら、ネジを回しているようだ……。

メリダは自身もひとつ手に取り、その星間羅針盤とやらの盤面を覗《のぞ》き込んだ。

「先生、このユニークなコンパスはなんですか？」

「いちばん太い針をご覧になってください、お嬢《じょう》さま」

クーファは手を止めぬまま、面白がるように唇を曲げる。

彼の言うとおり、盤面にはいちばん目立つ赤い針があった。ためしにメリダがコンパスを右へ左へと動かしてみても、その針だけは、ぴったりと決まった方角を照準している。

クーファはひとつ目のコンパスを戻し、続いてふたつ目のコンパスをいじり始めた。

「その赤い針はフランドールを構成する金属支柱の磁力を記憶《きおく》しており、どれだけ離《はな》れてもその位置を示し続けてくれるのです。──夜界は暗い。灯《あか》りを確保するのに精いっぱいで、地図などほとんど役には立たない。任務には遭難《そうなん》の危険が付きまといます」

彼は自身の持つコンパスの盤面を、自慢《じまん》げに掲《かか》げてみせた。

「そこで、頼《たよ》りになるのがこの星間羅針盤というわけです」

「ほえぇ……っ」

メリダの左右に友人たちが集まってきて、四人でコンパスを覗いて感心してしまう。

セルジュもおかしそうに微笑んで、テーブルへと右手を伸《の》ばした。

「今、クシャナたちが何をしているのかと言うとね──」

夜界の地図をメリダたちの傍《そば》へと滑《すべ》らせ、一角を指先で叩いた。

「僕たちがいるのがここ、カルナネイブル。そして目的地であるティンダーリアの遺跡がここだ。そしてフランドールはずっと離れて──こっち。この三点の座標が分かってさえいれば、カルナネイブルからティンダーリアの遺跡への直線路を導き出せるんだよ」

「それをこの星間羅針盤に設定してやれば……」

クーファはネジをきちきちきち、と回し、再び盤面を見せてきた。

時計の時針と秒針のように、黄色い針が見知らぬどこかを照準している。

「このように。夜界でも迷子になる心配はないというわけです」

「なるほどっ！」

「お嬢さまたちもやってみてください。操作は難しくありませんから」

と言うので、メリダたち四人はこぞって地図を覗き込んだ。

手書きの座標軸《じく》を頼りに、慎重《しんちょう》に目盛りを動かしてネジを回してゆくと……。

見事！　黄色の針はお行儀《ぎょうぎ》よく壁《かべ》の一点を指差し始めた。

この道案内にひたすら従っていけば、ティンダーリアの遺跡に辿《たど》り着くのだ——メリダは手のひらの上のコンパスを感慨《かんがい》深く眺《なが》め、友人たちも自然と口を噤《つぐ》む。

そのあいだに、クシャナとクローバー社長は手際《てぎわ》よく作業を終えていた。

ごとり、と鈍い音が続き、六つのコンパスがテーブルに整列する。

クローバー社長は厳《おごそ》かに口を開いた。

「これで残された課題は、あとひとつだけデス」

メリダたち四人も、はっ、と顔を向ける。

会議のあまりの濃《こ》さに頭がパンクしかかっているが——先ほどクローバー社長は、時間旅行を成功させるためには、三つの条件を満たすことが必要だと言っていた。

《エネルギー》の問題は永久機関によってクリア。

旅立ちの《場所》は、セルジュの調査が実を結んでいる。

最後の条件は、確か《年月》……。

つまりは、どれくらいの時間を遡《さかのぼ》るか？　ということだろう。

クーファは難しそうな顔で腕《うで》を組んだ。

「これはもっとも慎重にならなければなりませんね」

メリダたち四人も神妙《しんみょう》に居住まいを正して、彼の声に聞き入る。

「ただ過去の世界に降り立てばよいわけではない。過去のどの時点に向かうか？　アルメディアさまやフランドールの中枢《ちゅうすう》部が隠《かく》したがっている、まさに歴史的な瞬間《しゅんかん》に居合わせられなければ、たった一度のチャンスが無駄《むだ》になってしまう」

「それについてはすでに確信がございマス」

クローバー社長の発言だ。メリダたちはぎょっ、と彼を見た。

すると彼も、メリダたちに義眼を向けてくる。

否《いや》。正確には、メリダのすぐ左隣《ひだりどなり》にいる、エリーゼを見ているのだった。

「アルメディア公や騎兵団《ギルド》のこれまでの《慌《あわ》てっぷり》を振《ふ》り返ると、どうも彼らは、騎《き》士公爵《しこうしゃく》家のご令嬢《れいじょう》さまがたによって真実が暴《あば》かれるのではないかと怖《おそ》れているようデス。騎士公爵家の、否さ、貴族階級――マナ能力者のルーツ！　それを目《ま》の当たりにするためには、我々はどれほどの時間を遡るべきカ？」

あいかわらず、大げさな身振《みぶ》りで注目を集めるのがうまいピエロである。

クーファたちも皆《みな》、彼の次の言葉を待っていた。

クローバー社長は指揮棒のように人差し指を振る。

「先のゾハル神秘学術会――ベラヘーディア理事長との討論会において」

機械の爪先《つまさき》が明かりを撥《は》ね返し、エリーゼのほうを向いた。

「ワタクシはサンドリオンの左の靴《くつ》に問いかけた。『最古の血であること』と。それをエリーゼ嬢は難なくお履《は》きになった。すなわち数多《あまた》の貴族家系のなかで、エリーゼ嬢のアンジェル家は、間違《まちが》いなく貴族の成り立ちから存在していると言えるのデス」

メリダとエリーゼは、ぎょっ、と顔を見合わせた。

クーファはおとがいに指を添えて、頭脳を唸《うな》らせている。

「……ということは、アンジェル、シクザール、ラ・モールの三大騎士公爵家が、至高にして始源の貴族という歴史だけは、間違いなく事実。ならばその血を辿れば――」

「ご名答《エクセレント》」

クローバー社長はなぜか、声をかぶせるようにして口を挟んだ。

再び主導権を取り戻《もど》して、声高《こわだか》に続ける。

「ご令嬢のみなサマにはちょっぴり我慢《がまん》していただいて、少量の血を採らせていただきマス。その分析《ぶんせき》情報をもとに、旅行先の年月としようではありマセんか。――ドウゾ、わが秘書とともに別室へ。ミュール嬢、サラシャ嬢、それに、エリーゼ嬢？」

空気が毛羽立つのを誰《だれ》もが感じ取った。

年齢《ねんれい》の同じ公爵家の令嬢は、四人組。

なのに、どうしてひとりだけをあえて省くのだろうか？

クーファはため息とともに向き直った。

「クローバー社長……」

「何度も言いマシたように」

社長はまたもや、強い口調で声をかぶせてくる。

「時間旅行は非ッ常に危険にして、チャンスはたった、一度きりデス。そして我々は決して失敗するわけにはいかナイ！　お分かり？」

「…………」

クーファは押し黙《だま》るものの、彼を睨《にら》むことはやめない。

メリダもアンジェル騎士公爵家の人間ではあるけれど、その特長である《聖騎士《パラディン》》のマナを持たない無能才女として生まれてきた。よって彼女の母・メリノアには不義の疑いがかけられており……それはいまだ、払拭《ふっしょく》されたわけではない。

クローバー社長は心配しているわけだ。

メリダが本当に《裏切りの子》であり、その血をほかの令嬢とともに分析することで計算に間違いが生じるかもしれないという、現実的な可能性を。

クーファとしては彼を非難せずにはいられない。

しかしクローバー社長は、ものともせずににこりと笑うのだ。

「心のケアはアナタの仕事っ」

本格的に空気が悪くなってきてしまいそうだったので、メリダは早めに家庭教師の袖《そで》を引くことにした。

「先生。いいんです。わたしなら大丈夫《だいじょうぶ》」

「お嬢さま……」

クーファは掛《か》ける言葉を探しているようだった。メリダは精いっぱい笑ってごまかす。

見かねたように、沈黙《ちんもく》を保っていたフリージアがこちらに歩み寄ってきた。

「……みなさま、案内するであります。別室へ参りましょう」

「そうね。わたしも付き添う。みんな、行きましょう？」

メリダがはきはきと促《うなが》しても、エリーゼたち三人は釈然《しゃくぜん》としない面持《おもも》ちだった。

そんな従姉妹《いとこ》たちのやり取りを横目に、クシャナも静かにため息を吐《つ》く。

「……最後にもうひとつ決めておこう。誰が計画に参加する？」

メリダたちははたと、怜悧《れいり》な彼女の美貌《びぼう》を見つめた。

言われてみれば、ここにいるメリダたち、クーファやセルジュたち、クローバー社長に

その秘書、そして黒天機兵団《ギルド・オーダイン》の面々――数十人でいっぺんに過去の世界にお邪魔《じゃま》する、と

いったわけにはいかない……のだろうか。

クローバー社長は演技っぽく悲哀《ひあい》の表情を浮《う》かべた。

「エエ。タイムマシンの設置と護衛を兼《か》ねて、ティンダーリアの遺跡《いせき》まではここにいる全員で移動いたしましョウ。ただし、実際に過去へと渡《わた》れる人数には限りがあるのデス」

一番槍《いちばんやり》で名乗り出たのはクシャナだった。

「私は参加させてもらおう。理由は先ほど述べたとおりだ」

「僕も行くよ。竜《りゅう》の目は多いほうが良い」

すかさずセルジュが、魅力的《みりょく》な笑《え》みを彼女へと向ける。

となれば当然、クーファも続かないわけにはいかなかった。

「お任せください、お嬢さま。必ずや真相を持ち帰って参ります」

そう言い聞かせられては、メリダたちはもどかしげに見守るしかない……。

四人目はこれまた必然的に、クローバー社長が高く挙手をした。その護衛として黒天機《ギルド・オー》兵団《ダイン》から腕利《うでき》きのふたりが加わり――これで参加者は、六人。

意見が出揃《でそろ》った頃《ころ》、まっすぐに挙手をしたのはミュールだった。

「わたしも連れていってくださいませんこと？」

「ミュール嬢？」

「あの手掛《てが》かりのロケットペンダントはわたしのもの。であれば、わたしにも過去をこの目で知る権利があると思いますの」

そう言われてしまうと……と、クーファたち大人組は困ったように顔を見合わせる。

あとでアルメディア公にどやされる予感をまざまざと覚えるが――

ミュールの小悪魔的な笑みときたら、旅行鞄《りょこうかばん》に潜《もぐ》り込んでもついてきかねない雰囲気《ふんいき》である。クーファたちによる監督《かんとく》を絶対条件として、頷《うなず》いておくのが得策だろうか。

クローバー社長はあごを撫《な》でた。

「これで七人。だいたい定員といったところデスねい」

「あの……」

控《ひか》えめに声を出した人物に、室内の全員が視線を向けた。

サラシャである。何か言いたいことがあるようで、おずおずと手を掲げていた。

「わたしも、連れていってもらったら、だめ、でしょうか……？」

「ダメだ」

間髪《かんはつ》を容《い》れずに却下《きゃっか》したのは、彼女の兄と姉である。

クシャナにセルジュと、まるで厳格な教育係のような形相である。

「分かっているだろう、シクザール公。お前にだけは万が一のことがあってはならない」

「ミュールとは事情が違うしね。きみはメリダくんたちと待っていなさい」

「……っ」

自分でもワガママだと思っていたようで、それきりサラシャは引き下がる。

メリダとエリーゼ、それにフリージアはこっそり顔を見合わせていた。

――なぜ、サラシャはこんなことを言い出したのだろうか？

セルジュがさっ、とこちらへ目配せしてきた。

サラシャを連れて、早々に退室してほしいといったところだろう。どのみち、あとは当事者たちが細かい段取りを詰《つ》めるだけだ。メリダはサラシャの手を触《さわ》った。

「行きましょう？　みんな」

サラシャは素直《すなお》に手を握《にぎ》り返してきて、きびすを返す。

エリーゼにサラシャにミュール、それに付き添《そ》いのメリダが、フリージアの案内に従って会議室を出る。背後からは、大人たちの落ち着いたやり取りの声。

下りの階段に差し掛かりながら、令嬢たちはさっそくおしゃべりの口を開こうとした。

しかし、そのときだ。入れ替《か》わりに階段を上ってくる人影《ひとかげ》に気づいた。

幼児のような両脚《りょうあし》で懸命《けんめい》に階段を乗り越《こ》えつつ、老人のしゃがれ声を上げる。

「これはニンゲンのお嬢さまがた。失礼！　お先に失礼！」

えらく慌ただしい様子だったので、メリダたちはおとなしく道を譲《ゆず》る。

幼児の手に白衣、それに皺《しわ》だらけの頭部はフランケンシュタイン族だ。

そしてもうひとり――

異質な男性を引き連れていた。

ぞっ、とするような白髪《はくはつ》だ。三、四十歳ほどの見た目だが、肌《はだ》が少女のように真っ白である。こちらは長い脚で悠然《ゆうぜん》と、メリダたちを横目に見ながら通り過ぎた。

「ありがとう、礼儀《れいぎ》正《ただ》しいレディ」

メリダたちは挨拶《あいさつ》を返すこともできず、言葉を失って立ちすくんでいた。

声を掛けるべきだったのかもしれない。

あるいは立ちはだかるべきだったのかも。

それとも、逃《に》げるべき……？

しかし、そのどれもが間に合わなかった。ひと足先に、フランケンシュタイン族が息を弾《はず》ませながら会議室へと駆《か》け込んでゆく。

「オォ、オォ、みなさまお揃《そろ》いで！　大変に遅《おそ》くなりました！」

「これはドクター・ホイール」

クーファの声だ。彼が振《ふ》り返るのがメリダからも見えた。

「部屋を使わせてもらっていますよ。どこへ行っていらしたので？」

「遠出をしたかいがありましたぞ！　あなたを疑ったりなどして自分が恥《は》ずかしい。ウーム、ウーム……サプライズゲストをお連れしたのです！」

「サプライズ、ゲスト？」

やり取りを聞きながら、メリダは背筋が凍《こお》りつくような感覚がした。

そのゲストとやら、白髪の客人がホイールの後ろから会議室に踏《ふ》み入ったのだ。

その瞬間《しゅんかん》、クーファ、セルジュ、クシャナの三人が同時に顔をこわばらせた。

メリダも歯車が食い違ってしまったかのように体が動かない。喉《のど》が苦しくなってきた。

だってあの客人は——

浮世離《うきよばな》れした白髪と、底冷えのするような冷気《アニマ》は——

緊迫《きんぱく》した空気にまったく気づいていないのは、会議室でホイールただひとりだった。

さも誇《ほこ》らしげに、短かい腕で客人を招き入れる。

「こちらに集まった方々は先ほどつまびらかにお話ししたとおり——さてご一同、ご紹介《しょうかい》しますぞ！　ヴァンパイア族の重鎮《じゅうちん》……セオドーア氏にございます!!」

黒天機兵団《ギルド・オーダイン》の皆《みな》も、クローバー社長でさえ息をするのを忘れた。

事情は、メリダたち公爵《こうしゃく》家令嬢《れいじょう》も聞き及《およ》んでいる。

人間とフランケンシュタイン族との協力関係はまやかしなのだ。夜界の最大勢力であるヴァンパイア族の名を騙《かた》っているだけ。彼らが他種族にとんと無関心だというならば、時間を稼《かせ》ぎ、あわよくばフランケンシュタイン族を自陣《じじん》に引き入れられるかもしれないというのが、人間《フランドール》側の算段だったはずである。

その《タイムリミット》が、まさかこんな形で訪《おとず》れるとは誰が予想しただろうか。

ヴァンパイア族の本拠地《ほんきょち》に策略が伝わってしまったのだ……！

このセオドーアという者は、はたして何をしにやって来たのだろうか？

クーファたちが武器へ手を伸《の》ばしていることに、メリダも気づいていた。

しかし彼らは抜《ぬ》くのをためらっていた。

会議室にはマナ能力者ではない、ヴァンパイアにとってはあまりに矮小《わいしょう》な人間が大勢いる。ここで戦いになったら巻き添《ぞ》えにしてしまうからだ。

かといって目の前に敵がいる。

せめて話の通じる相手なのかどうか……？

誰も動かず、話し出さないので、ホイールは皆の顔色を窺《うかが》っていた。「もし？」と。

セオドーアという名のヴァンパイアは、朗《ほが》らかに笑う。

「迷っているようだな。然《しか》り。ならば助言をしてやろう」

構えという構えもなく。

「私はここにいる全員が死んでも、一向に構わん」

クーファたちは瞬時《しゅんじ》に武器を抜き放った。

直後、セオドーアの立ち姿から衝撃波《しょうげきは》が膨《ふく》れ上がった。クローバー社長らがいっせいに倒《たお》れ込み、窓枠《まどわく》が吹《ふ》き飛ぶ。室外にいたメリダたちでさえ顔を庇《かば》うほどの凄《すさ》まじさだ。

踏み止《とど》まれたのは生粋《きっすい》の戦士たちだけだった。クーファがテーブルを跳《と》び越えながら躍《おど》りかかる。しかし彼の黒刀《こくとう》は、セオドーアが片手をかざしただけで見えない壁《かべ》に撥《は》ね返された。その反発でクーファのほうこそがたたらを踏む。

鋭《するど》い足捌《あしさば》きで体勢を立て直し、クーファは負けじと斬《き》りかかった。その反対側へと回り込んだクシャナが、この上ない速度とタイミングで槍《やり》を突《つ》き込む。セオドーアの両腕が煙《けむ》るように動いた。白い冷気をまとわせた二の腕で難なく刃《やいば》を弾《はじ》く。

火花が舞《ま》い、それを突き破るようにしてセルジュが跳び上がった。遠心力を上乗せしてかかとを叩《たた》きつける。しかしこれも、敵の額の寸前で阻《はば》まれた。

セオドーアが両目を強烈《きょうれつ》に光らせただけで、蹴《け》りが押し返されたのだ。

空中を翻《ひるがえ》りながら、セルジュは懸命に叫《さけ》ぶ。

「逃げろ!!」

それが自分たちに向けられた言葉だということを、メリダたちは遅《おく》れて気づいた。

気づいたときには、遅かったのだ。

セオドーアがテノール歌手さながらの声を張る。

「ジャバウォッキ————ッ!!」

すぐに、破損した窓の外から奇声《きせい》が聞こえてきた。

どこから現れたのか、カルナネイブルの上空をまたたく間に《怪物《かいぶつ》》が埋《う》め尽《つ》くした。

怪物は怪物だ、そう呼ぶしかない。竜のように翼《つばさ》を持ち、体表が真っ黒なのである。

そのうちの一頭が、会議室の窓まで突っ込んできた。

両脚の鉤爪《かぎづめ》で荒々《あらあら》しく窓枠を捉《とら》える。

何よりおぞましいのは、その怪物には顔面がなかった。目も鼻もなく、牙《きば》の生え並んだ口だけが大きく広がっている。

喉の奥に猛々《たけだけ》しい火焔《かえん》が見えた。

セオドーアが笑う。クーファたちがはっ、と気づいたときには手遅れだった。

怪物は火炎放射《ブレス》を室内へとぶちまけた。寸前でクーファたちがマナを放ち、対抗《たいこう》したのかもしれない。メリダたちの視界を閃光《せんこう》が埋め尽くし、同時に凄まじい衝撃が襲《おそ》い掛《か》かってきた。轟音《ごうおん》に頭を揺《ゆ》さぶられながら、階段の踊《おど》り場《ば》まで吹き飛ばされる。

メリダは強烈に背中をぶつけてしまい、とっさに息が苦しくなった。どうにか顔を上げると、まだ会議室ではクーファたちと、怪物とセオドーアが切り結んでいる。

クーファたちの攻《せ》めはまるで通用していないように見えた。彼らが焔《マナ》を高らかに吹き上げるたび、なぜか黒い怪物は歓喜《かんき》の雄叫《おたけ》びを上げるのである。クーファがお得意の幻刀術《げんとうじゅつ》でマナの斬撃《ざんげき》を飛ばせば、それを怪物は真っ向から噛《か》み砕《くだ》いてしまう。

どういうことだろうか!?　傷ひとつ与《あた》えることができない。

火の手の上がる会議室では、小柄《こがら》な人影が走り回っていた。

「なぜ！　なぜ！　どうして！」

ドクター・ホイールである。白衣は焼け焦《こ》げ、頭から血を流していた。

「なぜ争うのですか！　なぜ……ッ！」

彼の悲鳴にかき消されないように、セルジュの切迫《せっぱく》した美声が響《ひび》いてきた。

「サラシャ！　どこだい⁉　サラシャ！」

本人の姿は見えないものの、サラシャははっ、と上体を上げた。

「わたしたちは無事よ、兄さん！」

「すぐに行く！　待っててくれ‼」

しかし、彼らと合流するどころの状況《じょうきょう》ではないように思えた。ヴァンパイアが相手ではメリダたち見習い騎士《きし》では足手まといにしかならない。全員がそれを痛感していた。

フリージアの判断は素早かった。手早く四人の令嬢たちを引き起こす。

「逃げましょう、メリダ＝アンジェル！」

その瞬間だった。

会議室のなかから、ぐるりとこちらを振り向いた者がいた。

白髪のセオドーアである。

目玉を剝《む》き出しにして、指を突きつけてきた。

「あいつがそうだ！　あの金髪《きんぱつ》だ！」

メリダは心臓が縮み上がるような感覚がした。耳鳴りがするほどに声が響く。

「あの娘《むすめ》を逃がすな!!」

直後、誰《だれ》かが強烈な一撃を繰《く》り出したらしい。廊下《ろうか》から壁が一直線に抉《えぐ》れて砂煙《すなけむり》が膨れ上がる。会議室のなかの人影はシルエットと化した。その隙《すき》にメリダたち公爵家令嬢の四人は身を翻し、フリージアに導かれて階段を駆け降りる。

忙《せわ》しなく動く両脚とは別に、メリダの頭のなかには混乱が渦巻《うずま》いていた。

――どうして!?

あの金髪の娘を逃がすな……あれはわたしのことを言っていたの？

ろくに考えを巡《めぐ》らせている余裕《よゆう》もなかった。五人で研究塔《とう》を飛び出したはいいものの、カルナネイブルの街なかもひどいありさまだったのである。黒い怪物が何頭も飛び回り、手当たり次第《しだい》に炎《ほのお》の息を吐《は》き出している。

フランケンシュタインたちは悲鳴を上げ、わけも分からず火の海に呑《の》み込まれていた。彼らの研究成果が、夥《おびただ》しいレポートが灰となって舞い上がる……。

どこへ逃げたらいいのだろうか!?

即座《そくざ》に決断したのは、やはりフリージアだった。

「みなさま、こっちであります！」

走り出した彼女の背中を、メリダたち四人は懸命に追いかけるしかなかった。

どこに安全な場所があるというのだろう——

たったいちど歩いたきりだが、街はどこもかしこも怪物の爪《つめ》に蹂躙《じゅうりん》され原形をなくしていた。通りに散らばる岩塩の瓦礫《がれき》を踏み越えて、メリダたちは走る。初めはどこに向かっているのか見当もつかなかったが、左右の景色にうっすらと既視感《きしかん》を覚えてくる。

この道は通ったことがある……。

ついさっきだ！　皆で研究塔へ向かうために歩いた目抜き通りではないか。フリージアはやって来た道を引き返しているのである。ということは、彼女がどこを目指そうとしているのかは、メリダたちにもおぼろげに察することができた。

見えてきたのは、首が痛くなるほど高い城壁《じょうへき》——

その正門はすでに木《こ》っ端微塵《ぱみじん》に突き破られていたが、ふたりの門番はまだ踏み止まっていた。握《にぎ》り締《し》めた槍を、何やらさかんに頭上へと突き出している。

「ここは通さない！　おデたちの都から出ていけ！」

黒い怪物が一頭、上空を旋回《せんかい》して威嚇《いかく》しているのである。フリージアはとっさに靴底《くつぞこ》を滑《すべ》らせて立ち止まり、左右の腕を広げてメリダたちを押し留《とど》めた。

門番たちの槍は機械仕掛《じか》けだった。穂先《ほさき》で爆薬《ばくやく》が炸裂《さくれつ》して、広範囲《こうはんい》にばら撒《ま》かれた鉛《なまり》の粒《つぶ》が怪物をもろに打ち据《す》える。怪物は身をよじって絶叫《ぜっきょう》し、翼を勢いよく広げた。

一気呵成《いっきかせい》に、地表へと躍りかかる。

頭から地面に突っ込んだかと思えば、その勢いで片方の門番を丸齧りにしていた。くぐもった悲鳴。そのまま上半身を咥《くわ》えて高く持ち上げたかと思えば、腰《こし》を、噛み砕く。

門番の両脚《りょうあし》が一度だけ大きく痙攣《けいれん》し、悲鳴が止《や》んだ。

メリダたち五人は息を呑む。

怪物は門番の全身を念入りに噛み砕きながら、口中へと呑み込んだ。ぐるりと首を巡らせる。残されたもうひとりの門番は、半狂乱《はんきょうらん》で槍を突き出した。

「ひぃっ！　ひぃ！　ヒエアアアァッ‼」

炸裂音とともに何重もの散弾《さんだん》が怪物に叩き込まれる。しかし怪物はそれをものともしなかった。門番はあとずさりながらがむしゃらに引き金を引く。怪物は弾丸に押し返されてなお、前足を踏《ふ》み出し、徐々《じょじょ》に彼を壁際《かべぎわ》へと追い込んでゆく。

かちり、と引き金が空転した。

怪物は左右の翼を盛大《せいだい》に広げて、獲物《えもの》の逃《に》げ道を封《ふう》じる。

顔のない頭部が限界まで大口を開いたとき、門番の喉《のど》から声にならない悲鳴が響いた。

炎の息《ブレス》――

至近距離《きょより》から過剰《かじょう》なまでに全身を炙《あぶ》る。門番は一瞬《いっしゅん》で物言わぬ炭と化した。怪物はどうも妥協《だきょう》を許さないらしい。爪先《つまさき》の一片《いっぺん》まで焼き尽くそうと、炎を吐き続ける。

遠巻きに見ているだけでありながら……。

メリダはとっくに言葉を失っており、思わず後ずさりかけていた。しかし、その手のひらを力強く引き寄せられる。

「今のうちであります！」

フリージアはこの惨劇《さんげき》にも挫《くじ》けていなかった。メリダの手を引いて駆《か》け出す。するとほかの三人もつられて走り出すしかない。

城門の残骸《ざんがい》を踏み越《こ》えて、獲物の調理に余念のない怪物の背後を――心臓を縮み上がらせながら、足早にくぐり抜ける。

もうメリダたちでさえフリージアの思惑《おもわく》には気がついていた。手を離《はな》されてもメリダの足取りは迷うことなく、城門脇《わき》の詰《つ》め所《しょ》の、その陰《かげ》へと向かっていた。

そこには幸いにも、彼女らと黒天機兵団《ギルド・オーダイン》の乗ってきた七台のナイト・キャラバンが手つかずで取り残されていた。もうカルナネイブルのどこにも安全な場所などありはしない。今はとにかく、自分たちの命を守るためにこの街を離れるのである！

もっとも手近に停《と》めてあった一台にメリダたちは飛び込んだ。

フリージアが率先《そっせん》して運転席に陣取《じんど》り、手早くレバーを操作してゆく。

「う、運転できるのっ？　フリージアさん！」

「見よう見まねですが！」

真似《まね》というわりには、いとも鮮《あざ》やかにエンジンが唸《うな》り声を上げる。

しかしその途端《とたん》だった。城門で獲物に夢中だったはずの怪物が、弾かれたようにこちらへ首を向けたのだ。真っ暗なのっぺらぼうから確かに視線が放たれる。窓から外を警戒《けいかい》していたサラシャが、いち早くそれに気がついた。

「敵がやってきます！」

怪物が翼を羽ばたかせるのと、フリージアがアクセルを踏みつけるのが同時。

キャラバンが急発進し、メリダたちは唐突《とうとつ》な衝撃《しょうげき》に床《ゆか》へ転がり込んだ。フリージアはアクセルを限界まで踏み込んだまま、レバーを鋭《するど》く動かして、ハンドルを回す。

今度は横殴《よこなぐ》りの衝撃で壁《かべ》に押しつけられる。しかし安全運転だなんだと言っていられる状況でもない。絶え間ない震動《しんどう》に揺さぶられながらもメリダは上体を支え起こし、窓から後方を睨《にら》みつけた。そして、確かに追いすがってくる怪物の影《かげ》を見た。

翼で荒々しく空気を叩《たた》き、怪物が上空から迫《せま》る。大きく口を開いた。

フリージアは寸前でハンドルを切り返した。あわやというところで、キャラバンの側面ぎりぎりに火焰が激突し、地面が弾《はじ》ける。直撃こそ避《さ》けたものの速度が大きく落ちた。それを見計らって、怪物は左右の翼をたたむ。

炎の塊《ブレス》――

一直線に急降下。

直後、キャラバンの天井《てんじょう》におぞましい衝撃が伝わった。タイヤが悲鳴を上げて急激にハンドルが乱れる。怪物が屋根に取りついてきたのだ！

「……このっ！」

壮絶《そうぜつ》に揺れる車内で、メリダは負けじと跳《は》ね起きた。

夜界での探索《たんさく》を想定しているだけあって、ナイト・キャラバンには役立つ設備が満載《まんさい》だった。階段を上り天井のハッチを開けば、屋根上の見張り台と繋《つな》がるのである。

メリダが力任せにハッチを引くと、猛烈《もうれつ》な風が吹《ふ》き込んできた。

外がやけに暗いと思えば、怪物《かいぶつ》の翼《つばさ》が覆《おお》いかぶさっていたからだった。

良い的よ！　とばかりに、メリダは右手を後方へと引き絞《しぼ》る。

「幻刀一閃《げんとういっせん》……風牙《ふうが》!!」

振《ふ》り抜《ぬ》いた指先から金色の斬撃が翔《と》び、半端《はんぱ》に開いたハッチもろとも切り裂《さ》いた。

余剰《よじょう》の焔が上空へと突《つ》き抜け、火の粉を風に散らす——

しかし、なんたることか！　肝心《かんじん》の怪物の翼には傷ひとつついていなかったのだ。

「ど、どうして⁉」

「マナを使ってはいけません、メリダ＝アンジェル！」

フリージアは力いっぱいハンドルを保持しながら、呼びかけてくる。

「わたしのライフルを‼」

まさか運転しながら撃《う》つつもりなのだろうか。それは無茶だろうと思いながら、メリダたちは慌《あわ》てて車内に視線を巡らせた。彼女の愛用するボルト・アクション式のライフルは……あった！　キャラバンに駆け込んだときの勢いで床へ放《ほう》り出したらしい。

飛びつくようにして拾ってから、しかしメリダは判断に迷う。

「これ、どうやって使うの⁉」

メリダには、長くて重い銃身《じゅうしん》をふらつかせながらハッチへ向けるしかできない。

横合いからミュールが組みついてきた。ふたりでライフルを支える。

「きっとこうするのよ！」

彼女の指先が引き金を引っかける。

轟音《ごうおん》——

同時に銃口から衝撃波が放たれ、メリダたちはたまらず床へとひっくり返った。そして弾丸はハッチから逸《そ》れて、鋼鉄の天井をぶち抜く。しかしそれが功を奏したらしい。怪物のどてっ腹に直撃したようで、瞬間的な悲鳴とともに圧力が、浮《う》き上がる。

そのタイミングを見逃《みのが》さず、フリージアは強烈《きょうれつ》にアクセルを蹴《け》り込んだ。

キャラバンの屋根から怪物の鉤爪《かぎづめ》が、火花を散らして弾かれる。敵はそのまま風にあおられて浮上《ふじょう》するしかなかった。もうキャラバンは振り返ることをしない。脇目《わきめ》も振らずに疾走《しっそう》し、森のなかへと突っ込んでゆく。

その巨体《きょたい》はすぐに、真っ暗な梢《こずえ》に覆われて見えなくなった。

怪物はしばらくのあいだ、獲物を取り逃がしたその上空を旋回する。

やがて――

大きく首を回した。

いまだ戦火の上がるカルナネイブルへと、翼を羽ばたかせて舞《ま》い戻《もど》ってゆくのだった。

LESSON：Ⅲ　～進め灯火《ともしび》の子ら～

怪物の咆哮《ほうこう》も、フランケンシュタインたちの悲鳴も、建物の崩《くず》れ落ちる音も……何もかもが遠ざかって、どれぐらいの時間が経《た》っただろうか。

フリージアは険しい表情でキャラバンを走らせ続けていたが、やがて進む先に何かを見つけたらしい。少しずつアクセルを緩《ゆる》めていく。

床で膝《ひざ》を抱《かか》えていたメリダは、立ち上がった。フロントガラスの向こうに、森の木々とは違《ちが》う人工物が立っているのが見える。

一軒家《いっけんや》ほどの高さがある――看板、だろうか。緑に埋《う》もれてひどく錆《さ》びついている。フリージアは道を外れて茂《しげ》みへとキャラバンを突っ込ませると、そのまま看板の裏側まで慎《しん》重《ちょう》に徐行《じょこう》させたのちに、ブレーキを踏み込んだ。

エンジンを切る。

そうしてすぐに運転席から飛び出した。あっという間にキャラバンを出ていってしまうので、メリダは「フリージアさん!?」と仰天《ぎょうてん》しつつも追いかける。

外に降りて、左右へ視線を巡《めぐ》らせる。フリージアは車体後部にしゃがみ込んでいた。

——彼女が何をそんなに焦《あせ》っていたのかは、すぐに分かった。

「燃料タンクが……っ」

車体の一部が裂けて、そこからぽたぽたと液体が零《こぼ》れ落ちていたのである。機械に素人《しろうと》のメリダでも、その深刻さは直感的に理解することができた。

「キャラバンを走らせるための燃料が……もうないってこと……？」

「カルナネイブルから脱出《だっしゅつ》するときに傷めたのでしょう。メーターが急激に減っていくので妙《みょう》だと思っていたら、やはり……っ」

フリージアは唇《くちびる》を噛《か》む。

「不覚であります」

メリダはそんな彼女の肩《かた》に手を添《そ》えて、立ち上がらせた。

「無事に逃げられたのはフリージアさんのおかげよ。気を落とさないで」

たいした慰《なぐさ》めにはならないだろうけど、そう言わずにはいられない……。

かろうじて、錆びた看板とそれを覆う木々がキャラバンを隠《かく》すカムフラージュになってくれている。メリダはフリージアの肩を支えつつ、車内へと戻った。

ドアを閉めてから、ほかの皆《みな》に声を掛《か》ける。

「ミウ、通信機の具合はどう？」

「ダメね。ちっとも応答がない」

厳《いかめ》しい装置の前に陣取り、ヘッドセットを耳もとに当てているのはミュールだった。

美貌《びぼう》に苦渋《くじゅう》の色を滲《にじ》ませて、ダイヤルを回している。同じ通信装置が、ほかの六台のナイト・キャラバンにも備わっているはずだった。

「誰《だれ》かが別のキャラバンに乗っていれば返事をしてくれるはずだわ。まだ《向こう》ではそれどころじゃないのか……それとも無事なキャラバンは、この一台だけなのか」

「そんな……」

「……受信だけはできるようにして、電源《マイク》は切っておくわね」

彼女の指が、ぱちんぱちんと、いくつものレバーを弾く。

車内に静寂《せいじゃく》が満ちた……。

明かりを点《つ》ける気分にさえならない。暗闇《くらやみ》のなかに、見知った友人たちのシルエットが四つ。ずっと膝を抱えていたエリーゼが、身じろぎをした。

「……これから、どうする？」

「まずは――」

硬《かた》い声で、しかし率先して動き出したのはフリージアだった。

窓際《まどぎわ》まで歩いて、メリダ、エリーゼ、サラシャ、ミュールの顔を順に見る。

「まずは現状を整理しましょう。先ほどカルナネイブルに現れた男はヴァンパイア族であります。セルジュさまたちは彼らの権威《けんい》を利用しフランケンシュタイン族に協力を取りつけていたでありますが、そのことがとうとう明るみになってしまった……」

先ほどの惨状《さんじょう》が嫌《いや》でも脳裏《のうり》によみがえり、メリダは眉《まゆ》をひそめる。

「だからってあのひと、フランケンシュタイン族まで巻き添《ぞ》えにするなんて……」

「『いつかはこうなるじゃろう』って、お母さまが言っていたわ」

ミュールはアンニュイな雰囲気《ふんいき》で頬杖《ほおづえ》をつく。

「……それがよりにもよって今日だった、ってことね」

サラシャは沈痛《ちんつう》な面持《おもも》ちで、左手のこぶしを、右手で握《にぎ》りしめていた。

「兄さん……姉さん……クーファ先生……!!」

「先生たちがあんなやつに負けるはずがないわ」

メリダは頑《かたく》なに断言する。

……するものの、先の襲撃《しゅうげき》を思い返すと、どうしたって不安は湧《わ》き上がってきた。

「あの、のっぺらぼうの黒いドラゴンはなんなのかしら。わたしどころか、先生たちの攻《こう》撃《げき》も効き目が薄《うす》かったみたい」

誰も答えようがないと思っていたけれど、フリージアがあっさりと教えてくれた。

「あの怪物は《ジャバウォック》であります」

途端《とたん》、体を跳ねさせたのはミュールだった。

「ジャ……ジャバウォックって、あの……!?」

「おそらくは、あの」

「な、なあに？　ジャバウォックって……」

メリダが問うと、ミュールはまくし立ててくる。

「伝説上の生き物よ。フランドールの、マナ能力者の、いいえ人間の仇敵《きゅうてき》！　なんたってジャバウォックは、ネクタルを食料にするって言われているの！」

「ネクタルを、食べるの……!?」

つまりは、彼らをのさばらせていたらフランドールの生命線は残らず吸い尽《つ》くされ、ろうそくの明かりさえ失うというわけだ。やがてランタンのなかは完全な闇が満ち、すべての人々は心を失って残虐《ざんぎゃく》なランカンスロープと化す……。

人類最後の都市国家――人間社会の終焉《しゅうえん》である。

暗闇のなかでもメリダの顔が青ざめるのが分かったらしい。ミュールは小刻みに頷《うなず》く。

「ただし、ジャバウォックは大昔の生き物のはずなの。その危険性が確認《かくにん》されてすぐ、フランドールが総力を挙げて狩《か》り尽くしたらしいわ。餌《えさ》とする以上、すべての個体がフランドールに集まっていたわけで……今ではもう、おとぎ話のなかの存在なのよ」

「しかし、ヴァンパイア族は保有していた」

フリージアはまた唇を噛み、怜悧《れいり》な顔を歪《ゆが》めた。

「生前、マッド・ゴールドが——ルンペルシュティルツキンが言っていたであります。ネクタルの産出地は人間界《フランドール》に、ネメシスの産出地は夜界《やかい》に、完全に区分けがされているのはおかしい。おそらくは夜界にもネクタルの鉱脈が、あるところにはあるのだろう——と」

「ヴァンパイア族には、ジャバウォックを従え続けられるだけのネクタルを調達する手段があった、ってことね」

ミュールでなくとも、頭が痛くなってきそうな話だ。

サラシャは納得《なっとく》がいったように、大きく頷いていた。

「そっか。ネクタルと同質のマナも、弱点どころか好物だから……」

メリダも腕《うで》を組んで唸《うな》る。

「《マナの無効化》——ってところかしら。確かにとんでもなく厄介《やっかい》だわ」

ヴァンパイアの敵ひとりだけでも手に余るのに……といった心境である。

セオドーア、と呼ばれていただろうか——あのヴァンパイアの襲撃者は。『全員が死んでも構わん』と豪語《ごうご》していたところからも、彼がやってきた目的はメリダたち人間の抹殺《まっさつ》のはずだ。フランケンシュタイン族への被害《ひがい》すらまったく頓着《とんちやく》していなかった。

しかし、メリダにはどうしても呑《の》み下せない違和感《いわかん》があった。

火の粉の爆《は》ぜる音。吹《ふ》きつけてくる熱。耳鳴りがするほどの衝撃《しようげき》のなかで——

『あの娘《むすめ》を逃《に》がすな!!』

……確かに、セオドーアという男はそう言っていた。なぜ？　彼はただ怒《いか》りのまま、人間を殺しにやってきたわけではないのだろうか？

——だからって、どうしてわたしを？

無意識に思い浮かべるのは、愛《いと》しのクーファのことだ。彼の正体も半分はヴァンパイアだが、夜界の一族とは関《かか》わりがないはずである。ルクスヴァニラ……と言ったか。いくら考えても、メリダには自分とそのヴァンパイアの本拠地《ほんきよち》との接点が思い当たらなかった。

そのとき、指先にすべらかな感触《かんしよく》と、熱を感じる。

エリーゼがメリダの腕に抱《だ》きついてきたのだ。まるで、手離《てばな》したらどこかへ攫《さら》われてしまうと思っているかのように、不安そうに眉をひそめている。

敵の大声が、ほかの皆に聞こえていないはずがなかった。

「リタ……」

ここで、目いっぱいの笑顔《えがお》で安心させてやるのが、《御姉《おねえ》さま》の役目である。

「平気よ！　きっと違う誰かと間違えているんだわ」

「………………」

エリーゼも、ほかの親友たちも、決して釈然《しゃくぜん》とはしないという面持ちだった。

沈黙《ちんもく》が長引いてしまう前に、フリージアが強い口調で言葉を続けた。

「敵が何者であるにせよ、セルジュさまたちほどの方々が後《おく》れを取るとは思えません。どうにか敵を退けてカルナネイブルを脱出しているはずであります」

「わたしたちも合流しないとね」

「ええ。ただ、残念なのですが……」

フリージアは言い淀《よど》んだ。

キャラバンの燃料が切れたことだろうか？　ほかの面々は言葉の続きを待つ。

「………カルナネイブルへは、もう戻ることができません」

「そりゃ、ええ、危ないですものね？」

「いえ、そうではなく……我々はもう、ここがどこなのかも、分からないのであります」

メリダたち四人は、数秒ほど言葉に詰《つ》まった。

次いで、皆で弾《はじ》かれたように窓へと取りつく。

――外は真っ暗だ。

ネメシスなる、夜界の貴重な光源もまったく見当たらない。暗幕が八方を取り囲み、押し潰《つぶ》されてしまうような圧迫感《あっぱくかん》を覚える。何も見えない……たとえキャラバンの鼻先で猛《もう》獣《じゅう》がよだれを垂らしていたとしても、死の間際まで気づくことができないだろう。

背筋が急に粟立《あわだ》った。

親友たちのぬくもりと、握り合った手の震《ふる》えだけが、確かなものだ。

「カルナネイブルまでの道とぜんぜん違《ちが》う……ど、どうしてこんなに暗いの!?」

不謹慎《ふきんしん》ながら、メリダは蒼《あお》い結晶《けっしょう》に彩《いろど》られた森の道を、綺麗《きれい》だとさえ思っていたのだ。

かつて夜界で暮らしていたフリージアは、沈鬱《ちんうつ》な表情である。

「ネメシスは限りある貴重な資源。ランカンスロープの各種族は、それを主要な拠点《きょてん》に配置することで己《おのれ》の領土であると示しているのであります。自国にとっては道標《みちしるべ》であり、他種族にとってはそれを侵害《しんがい》することすなわち、侵略行為《しんりゃくこうい》と見なされる……」

ミュールは指先を額に当てて、深々と頷いた。

「つまりランカンスロープにとって重要でない土地、誰のものでもない土地は、こ、こ、こうなるってわけね……」

そしてメリダたちは地図を持っていない。

持っていたとしても現在地が分からない。

朝まで待とうとも、外が明るくなることは決してない……。

サラシャがぽつりと、言う。

「どこへも行けない、んですね」

その声がいかにも不吉《ふきつ》な響《ひび》きであったことに、自分でも気づいたらしい。皆が黙《だま》り込んでしまったのでサラシャははっ、と我に返り、ほっぺたを押さえ込んだ。

「あ、あうぅ～……っ！　わ、わたしったらごめんなさい……っっっ」

「サラちゃん、しっかり！　今はみんなで励《はげ》まし合うときよ！」

「ねえ、リタ。《あれ》は？」

とエリーゼに呼びかけられて、メリダも「あっ」と思い出した。

ポケットを探《さぐ》る。

思ったとおりだ――そこには複雑な機械仕掛《じか》けのコンパスが仕舞《しま》われていたのである。星間羅針盤《らしんばん》。会議のときに手に取って、そのまま返せずじまいだった。

ずしりと重いそれを手のひらに載《の》せ、メリダは皆に示す。

「行く当てならあるわ」

盤面では、赤と黄色の針が揺《ゆ》らぐことなく一点を指し示し続けている。

「わたしたちはもう船の場所も、カルナネイブルの方角も、ここがどこなのかさえ分からない。だけど《目的地》だけは分かるわ！」

「ティンダーリアの遺跡《いせき》……」

時針と秒針に似たそのちっぽけな希望を、ミュールも神妙《しんみょう》に見る。

「わたしたちがこれを持っていることを、クーファせんせも、セルジュお兄さまも、クシャナお姉さまも予想するはずだわ」

サラシャは落ち着きを取り戻《もど》して、不敵に笑う。

「行くべき場所は、決まったね」

視線を受けて、エリーゼもしっかりと頷いた。

ひとり、一歩下がって、胸に手のひらを当てるのがフリージアだ。

「ならばみなさまのことは、わたしがこの銃《じゅう》に懸《か》けてお守りするであります」

どうも彼女、義母の言いつけに真面目《まじめ》になり過ぎているような気がする……。

輪に入ってくれればいいのに！　と、メリダなどはやきもきするのである。

そんな令嬢《れいじょう》たちの想《おも》いを露知《つゆし》らず、年長のフリージアはきびきびと動き出した。

どことなく、クーファやロゼッティのような大人びた雰囲気《ふんいき》を思わせる……。

「ここから目的の遺跡へ向かうためには、徒歩にせよキャラバンを使うにせよ、我々にはネクタルが必要になるであります」

言わずもがな、夜界の瘴気《しょうき》を退ける明かりを確保するためである。

確か、キャラバンの燃料として使えるようにも改良してあるとのことだったが……。

メリダは難しい顔で腕を組む。

「そ、そういえばタンクに穴が空いちゃってたんだわ……」

「いきなり前途多難ね」

ミュールも悩《なや》ましげに額を押さえた。

「あの真《ま》っ暗闇《くらやみ》のなかを灯《あか》りもなしに歩こうなんて論外よ。すぐにコンパスの盤面さえ見えなくなってしまうわ！」

かと言って、このままではキャラバンを走らせることもできない……。

サラシャも懸命《けんめい》に頭を捻《ひね》っていた。

「確か、ヴァンパイア族のところにはネクタルがあるはずなんだよね？」

「……もらいに行ってみる？」

ルクスヴァニラとやらまで……。

エリーゼが問いかけたあと、全員が黙り込んだ。それこそ考えるまでもない。

いきなり難関にぶち当たってしまったではないか！　しかし、令嬢たちが二の句を継《つ》げなくなってしまったあたりで、やはり年長の《彼女》が突破口《とっぱこう》を示した。

「夜界にもネクタルは、あるところにはあるのであります」

「フリージアさん？」

「みなさん、出発の準備をしてください」

と言って、キャラバンを降りていってしまうフリージアだ。

メリダたちは顔を見合わせたのち、わけも分からずあとを追いかけた。準備と言っても
皆《みな》、カルナネイブルを飛び出したときのままの旅装でこれといった荷物もない。

フリージア以外、武器がないのが、今は非常に心もとない……。

ともかくも、フリージアはキャラバンのすぐ外で待ち構えていた。

全員降りたのを、手探りで確認《かくにん》し合う。それから無駄《むだ》かもしれないが、鍵《かぎ》を掛《か》けた。

いよいよ真っ暗である――

お互《たが》いを見失わないよう腕を触《さわ》り合い、フリージアは何かを手渡《てわた》してきた。

ランタンである。自分のぶんとしてひとつ、ミュールとサラシャにひとつ。そしてメリ
ダとエリーゼにもひとつで、合計三つだ。

燃料缶《かん》に、本当になけなしの虹油《ネクタル》が入っている……。

「キャラバンのタンクから回収した最後のネクタルであります。大切に使ってください」

「どこへ行くの？　これだけの量じゃあ、とてもティンダーリアの遺跡へは行けないわ」

もしも道なかばでネクタルが尽《つ》きたら、手もとさえおぼつかない暗闇のなかで立ち往生という、最悪のシナリオである。

充分量《じゅうぶん》のネクタルが確保できない限りは、彼女らはこの拠点《キャラバン》を離れるべきではない。

フリージアは然《しか》り、と頷《うなず》いた。

「賭《か》けでありますが――このネクタルを元手に、さらに多くのネクタルを確保しに行くのであります。ひとつだけランタンをつけて、足もとを照らしていただけないでしょうか」

彼女には確固たる考えがあるようだった。

お互いの表情さえよく見えないので、メリダたちはまたも手探りで合図をし合って、まずはミュールがランタンを点《つ》けることになった。明かりが生まれる。

ぼうっ、と浮《う》かび上がる、親しい友人たちの輪郭《りんかく》。確かに存在する地面。メリダはひそかに喝采《かっさい》したくなった。光とはなんと貴《とうと》いものか！

とはいえ感動している場合でもなかった。ネクタルは燃やしたぶんだけどんどん消耗《しょうもう》するのである。フリージアは手招きで、灯りに集《つど》った令嬢たちを導く。

キャラバンは森の木々と、大きな錆《さ》びた看板の陰《かげ》に隠《かく》されていた。

フリージアは看板の表側へと回ると、ふいにしゃがみ込んだのだ。

地面の砂を手で払《はら》っているように見える。メリダは自然と小声になった。

「な、何を調べているの？　フリージアさん」

「灯りをこちらへ」

と、まずはミュールを手招きしてから、フリージアは手を動かし続ける。

狼《おおかみ》のようなまなざしで地面を睨《にら》み、何かを見定めているようだ。

「先ほどの会議でセルジュさまがおっしゃっていたことを覚えておいでですか？　大昔、夜界がどんな地形だったかは誰《だれ》にも分からない。街であった場所が潰れ、森と湖に呑《の》み込まれたかもしれない……」

「──なるほど！　そういうことねっ」

ミュールがいち早く叫《さけ》び、自らもしゃがみ込んでランタンを地面へと近づけた。

メリダたち残りの三人は、何が「なるほど」なのかさっぱりである。

そうした親友たちに教えようと、ミュールは指を差してみせる。

「看板があるわ」

「あ、あるわね」

「なんのためにここに看板があると思う？　道行くひとに示すためよ！　つまり大昔、この場所は大勢のひとが行き交《か》う街道《かいどう》で、その道の先には街があったってこと！」

「ご明察、であります」

フリージアはいちど、指先でさっ、と地面を払ってから、立ち上がった。

ミュールからランタンを引き取り、代わりに自分の、火の点いていないそれを預ける。

「道の痕跡《こんせき》を見つけました。みなさま、離《はな》れないようについてきてほしいであります」

そう告げて灯りを掲《かか》げ、歩き出すのだ。

闇のトンネルを切り拓《ひら》くかのようなその背中に、メリダたちは素直《すなお》に従った。

親友四人で身を寄せ合いながら、メリダは笑う。

「ね？　だから前に教えたでしょう？」

自分のことを自慢《じまん》するかのように。

「フリージアさんはとっても頼《たよ》りになるんだからっ」

「どうしてリタちゃんが得意げなのかしら」

そうして薄明《うすあ》かりのなか、四人は顔を寄せてくすくすと笑い合うのである。

†　†　†

さて、道の痕跡を辿《たど》るのは良《い》いものの、どうしてそれが新たなネクタルを獲得《かくとく》すること に繋《つな》がるのだろうか？

メリダはとても気になったものの、質問攻《しつもんぜ》めにしてフリージアを困らせるようなことはしない。彼女が神経を尖《とが》らせていることをその背中から感じ取れるからだ。いっぱしのレディたるもの、子供じみた問いかけはぐっ、と我慢《がまん》して呑み込んでおかなくては。

というわけで、皆で粛々《しゅくしゅく》とランタンの導きに従うこと、およそ十分。

ランタンの明かりが、森の木々とはあきらかに違《ちが》う人工物を映し出した。フリージアはすぐに立ち止まり、メリダたちにも合図をしてからランタンを高く掲げる。

夜の瘴気が追い払われて、ぼうっ、と浮かび上がったものは――

建物だった。

やはり岩塩でできている。つまりは遥《はる》か古代の遺物ということだ。屋根はドーム状になっていて一部が欠けており、その空洞《くうどう》から巨大《きょだい》な望遠鏡の筒《つつ》が突き出している。

大きな望遠鏡だ……。

空に向けられているが、レンズは延々と広がる真っ暗闇を映し出すばかりであろう。フランドールでこれに近しい施設《しせつ》と言えば……観測所、のたぐいだろうか。

メリダは舌で唇《くちびる》を湿《しめ》らせて、久しぶりに口を開いた。

「昔のひとはこれで何を見ていたのかしら？」

建物はところどころに亀裂《きれつ》が走り、地面に岩塩の塊《かたまり》が散らばっている。当たり前だが生き物の気配はなく、森のなかで墓標のごとく聳《そび》えているのみだ。

屋根が落ちはしないだろうかと怯《おび》えながら、メリダは入口の扉《とびら》に手を掛けようとした。

その前に、フリージアがさっ、と腕《うで》を伸《の》ばしてきて止められる。

「ランタンをお願いするであります」

彼女は狼のような目つきのまま、警戒《けいかい》を緩《ゆる》めていなかった。メリダは息を呑む。

再び令嬢たち四人は背筋をこわばらせた。メリダが代わりにランタンを掲げ、皆の前に出たフリージアが扉に手を掛ける。

指先に力を入れた。

甲高《かんだか》い悲鳴に似た音を立てて、扉がゆっくりと開く……。

フリージアはわずかに開けた隙間《すきま》から、建物のなかを睨む。

「…………」

端《はし》から端まで、鋭《するど》い眼光で射貫《いぬ》いて――

ふっ、と肩《かた》の力を抜《ぬ》いた。

「ここは安全そうであります」

そう言われて、どっ、と脱力《だつりょく》するメリダたちだ。

つくづく、夜界でのクエストは神経をすり減らす。フリージアは大きく扉を開けて屋内へと踏《ふ》み込んだ。メリダも彼女の背中をランタンで照らしながら続く。

「ここには誰もいないのかしら？」

「ええ。──生きている人間は」

メリダはぎくっ、と足を止めた。フリージアの隣《となり》まで歩いて、その奥を見たのだ。

確かにここは安全だろう──

何せ生きている者がひ、ひ、ひとりもいない。物言わぬ骸骨《がいこつ》だけがそこかしこに倒《たお》れていたのだ。

壁際《かべぎわ》に数人ぶんの骨が積み重なっている。机に突っ伏《ぶ》したまま息絶えた者もいるようだ。

そして何人かの肋骨《ろっこつ》や頭蓋骨には、刀剣《とうけん》が墓標のように突き立てられていた。

令嬢《れいじょう》たち四人はたまらずお互いを抱《だ》きしめ合う。「ひいっ！」と。

フリージアだけが眉《まゆ》ひとつ動かさず、ランタンを引き取って足を踏み出した。

メリダたち四人も、おそるおそる固まってついていくしかない。

「こ、このひとたちはいったい誰……っ？」

そのとき、サラシャが何かに気づいてはっ、と息を呑んだ。

「みんな、見てください！　彼らの服装……っ」

「え？　──あっ！」

「ワインレッドの軍服……このひとたちは燈火騎兵団《ギルド・フェルニクス》の騎士《きし》です！」

亡骸《なきがら》は骨になるほど朽《く》ちていたものの、身にまとうものはどうにか判別することができた。フランドールの騎士がまとう、伝統的な紅《くれない》の装束《しょうぞく》である。

フリージアは建物の中央まで皆を導いてから、ランタンでぐるりと周囲を照らした。

「この方たちは——燈火騎兵団《ギルド・フェルニクス》の調査隊だったようでありますね」

メリダは以前、聞いた話を思い出した。歴史上、何度となくフランドールから夜界へと調査隊が派遣《はけん》されたことがある。しかし当時、海図もなく、夜界での寄る辺もなかった彼らは、ついぞひとりとして帰ってくることがなかったと……。

帰ってこなかった、ということは、つまり。

こうして人知れず亡《な》くなっていたのだ。志なかばで……。

メリダたち令嬢は自然、十字《じゅうじ》を切って魂《たましい》の安息を祈《いの》った。フリージアはそれを待ってから、再び灯《あか》りを伴《ともな》ってどこかへと向かう。

屋内の一角に旅荷物がまとめられていた。おそらくは調査隊のものだ。

フリージアは床《ゆか》にランタンを置き、ためらいなく荷物の紐《ひも》をほどき始める……。

「な、何をしているの？　フリージアさん……」

「夜界にはかつての人間社会の痕跡がある——これは夜界を彷徨《さまよ》う人間たちの常識なのであります」

メリダははっ、と気づかされた。フリージアはかつて、ワーウルフ族に囚《とら》われていた夜界の難民だった。様々な理由で取り残されてしまった人間は確かに存在する。何を隠そう、敬愛する師・クーファもまた、その生まれは夜界だったというではないか。

フリージアは荷物の袋《ふくろ》に腕を突っ込み、中身をかき混ぜながら続けた。

「調査隊にせよ、さすらい人にせよ、拠点《きょてん》を求めるときは人間の痕跡に集いたがる……だからこうした遺跡《いせき》では、よくそうした方々の遺体が見つかったりするのであります。食料や灯りが尽きた者、ランカンスロープに襲《おそ》われて負傷した者、そして、足が竦《すく》んで二度と動けなくなった者……。もし、その死因が《灯り》ではないとするのなら」

あった、と。フリージアは淡々《たんたん》と快哉《かいさい》を叫んだ。

荷物から何かを引っ張り出す。

メリダたちへと振《ふ》り向いて、手のひらに載《の》せたそれを示してみせた。

ネクタルの燃料缶だ！　まだ封《ふう》も切られていない。

フリージアは特に得意げでも、淋《さび》しそうな様子でもなかった。

「これも夜界を彷徨う者の知恵《ちえ》です。ありがたく頂戴《ちょうだい》するのであります」

「わたしたちも手伝いましょう？」

というわけで、メリダたち四人もあらためて死者への祈りを捧《ささ》げてから、手分けして荷物を広げ始めた。一箇所《いっかしょ》にまとめられていたのが、悲しくも好都合だ。

そうして、神妙《しんみよう》に荷物を開けてみたところ――

罰当《ばちあ》たりかもしれないけれど、見つかったのだ！　手つかずのネクタルの燃料缶《かん》がたくさん。やはりこの調査隊は、ランカンスロープの襲撃《しゆうげき》によって敗れてしまったらしい。

フリージアは机に置かれていたランプからも、残されていたネクタルを回収した。無駄《むだ》がない。メリダもほかに役立つものはないだろうかと、きょろきょろと周囲を見回した。

そして、見つけてしまった……。

見つけたが、皆《みな》に教えるのもはばかられる。何せ壁際に積まれている数人ぶんの白骨死体が、ひとつのリュックを下敷《したじ》きにしているのである。あれを回収しようと思ったら、まず上の亡骸を力ずくでひっくり返さないといけない。

……骸骨頭に怒《おこ》られたとしても文句は言えない所業である。エリーゼたち三人もメリダと同じものを見つけたようだ。しかし互《たが》いに顔を見合わせて、難しい表情で唸《うな》る。

「あ、あのリュックはさすがに……」

「そ、そっとしておきましょうか」

そのやり取りで、フリージアがこちらを向いた。

迷いなく壁際へと向かう。

遺体の軍服に手を掛《か》けて――力任せにリュックから引っぺがした。数人ぶんの白骨がけたたましい音を立てて転がり、もはやどの骨が誰のものか判別さえできなくなる。

メリダたち四人は先ほどとは違う意味で、「ひいっ！」とお互いを抱きしめ合う。

「フ、フリージアさんっ、怖《こわ》くないの⁉」

「怖い？　もう亡くなっているでありますよ」

フリージアはあいかわらず、眉ひとつ動かさずにリュックを開ける。

「死体は襲い掛かってきません。生きている人間のほうがよほど怖ろしいのであります」

そうして、目的のものを探し当てたようだ。燃料缶を摘《つ》まみ上げる。

「ありました。これだけのネクタルがあれば充分《じゅうぶん》でしょう」

メリダたち四人は、互いを抱きしめたまま神妙に頷《うなず》き合う。

夜界育ちのスナイパーの、なんと頼《たの》もしいことか――

決して彼女を怒らせてはならない、と四人のあいだで共通認識《にんしき》が生まれた瞬間《しゅんかん》だった。

† † †

往路で残しておいた目印を頼りに、ナイト・キャラバンへと引き返して――

タンクの補修と給油を済ませれば、車内には煌々《こうこう》と灯りが満たされることになった。夜界のなかに点《とも》る、メリダたちのささやかな秘密拠点である。

さて、ひと息ついたあとは何をするべきだろうか？

それはもちろん、皆で功労者を称《たた》えるのである！

「フリージアさんの勇気と知恵に！」

メリダが音頭《おんど》を取ってタンブラーを突き出せば、三方向から歓声《かんせい》が応《こた》える。

「「「乾杯《かんぱい》っ！」」」

かしゃ――――ん！　と、乾《かわ》いた音を立てて四つのタンブラーが押しつけられた。

公爵《こうしゃく》家令嬢の四人娘《むすめ》は、期待のまなざしで輪の一角を見る。

残るひとり、フリージアは、両手で持ったタンブラーをおずおずと差し出してきた。

「きょ、きょっ、恐縮《きようしゆく》であります……っ」

遠慮《えんりよ》がちに、かつん、とぶつけられる。指先まで硬《かた》くなっているではないか。

メリダは率先《そつせん》してタンブラーを傾《かたむ》け、甘ぁいドリンクを舌に馴染《なじ》ませた。

「フリージアさんのおかげだわ」

朗《ほが》らかに笑う。

「カルナネイブルからみんなで無事に逃《に》げられたのも。ティンダーリアの遺跡に行く当てがついたのもね？」

ちらりと振り返れば、床の一角にネクタルの燃料缶が小さな山を作っていた。

これだけの量があれば、目的の遺跡までキャラバンを走らせるのに充分である。

フリージアは神妙な態度で、胸もとに手のひらを当てた。

「それが今のわたしの使命でありますゆえ――」

エリーゼはそんな彼女の袖《そで》を摘まんで、つんと引っ張った。

「ブラマンジェ先生の義娘《むすめ》なら、わたしたちの姉妹《しまい》とおなじ。そう思わない？」

「姉妹、でありますか……」

「それとも、フリーデスウィーデの先輩《せんぱい》、って呼んでもいいよ」

得意げに、ふんすと胸を反らすエリーゼである。

メリダはお上品ぶって言った。

「いけないわ、エリー。フリージアさんは年上よ？」

ミュールは頬《ほお》に人差し指を当てて、ウインクをした。

「それじゃ、フィズ御姉《おねえ》さまね？」

「御姉さま……っ」

そこで瞳《ひとみ》を輝《かがや》かせるのが、サラシャだ。

「実はお屋敷《やしき》にいた頃《ころ》から、そう呼んでみたかったり……」

「わっ、わ、わたしがみなさまにそのようなっ、お、おそれ多いのであります……！」

そんなふうに恐縮しきりの立役者《たてやくしゃ》をみんなで輪のなかへと引っ張って、メリダたちは競い合うようにして、彼女のタンブラーにおかわりを注《そそ》ぐのである。

テーブルには、保存食に手を加えたディナーが並べられていた。

夜界のただなかで——なんとも贅沢《ぜいたく》ではないか。メリダは感謝せざるを得なかった。

「ナイト・キャラバンって、ほんとうに便利だと思うわ」

何せキッチンやバスルーム、ベッドといった居住設備に加え、収納庫には物資が山と積まれていたのである。レイボルト財団の用意周到《よういしゅうとう》さには舌を巻く思いだ。

フランドールから遠く離《はな》れなければならない任務でも、このナイト・キャラバンを駆《か》ってゆけばさぞ快適に違《ちが》いない。

エリーゼはクラッカーにジャムを塗《ぬ》り、端《はじ》っこのほうからかじる。

「燈火騎兵団《ギルド・フェルニクス》にも取り入れればいいのに」

「兄さんは、荒《あ》れた土地では走れないだろう、って言ってたね」

「あとは、すごく高級品だからでしょうね」

サラシャにミュールと、ハムのステーキを取り分けながら続く。

「アルメディアお母さまが言ってたわ。『レイボルト財団の発明は商品というよりも、金持ちの道楽じゃ』って」

ホテルの一室にタイヤを付けて走らせているようなものである。こんな贅沢品《ぜいたくひん》をすべての部隊に配備していたら、騎兵団《ギルド》のお財布《さいふ》が破綻《はたん》してしまうということか。

でも、それじゃあ……と、メリダはふと疑問に思う。

売り物にならないのであれば、なぜクローバー社長は次々に革新的な発明品を生み出したのだろうか。武装装甲車《そうこう》《シルバー・モービル》、潜水艇《せんすいてい》《マナティー・マリン号》、そして、騎士《きし》たちの夜行バス《ナイト・キャラバン》……まるですべて、今回の時間旅行計画のためにあつらえたかのようではないか。

おかげでメリダやクーファたちは今、順調な旅ができているわけだけれど。

……先生に会ったら、考えを聞いてみようかな。

想《おも》い人の顔とともに胸に浮《う》かんできた感傷を、メリダはドリンクでくぴりと飲み込む。

強がった口調で言った。

「シャワーもあるし、ベッドもある。長旅だって怖くないわ？」

「着替《きが》えがほしいところだけれど……これ以上、贅沢を言ったらバチが当たるわね」

ミュールの言葉を聞いて、フリージアがなぜか、ぴくりと肩《かた》を跳《は》ねさせた。

タンブラーの中身を呷《あお》ってから、意気込んで言う。

「き、き、着替えと言えば着替えなのですが……じ、実は……っ」

「えっ、なあに？」

「は、肌着《はだぎ》をみなさまにお贈《おく》りしたいと思い……も、持ってきているのであります」

「ほんとうっ？　ちょうどよかっ……――」

メリダはつい、素直《すなお》に喜びかけた。

が、すぐに親友たちと顔を見合わせて、疑問を感じる。

……肌着のプレゼント？　しかも夜界で？　なんで？

あらためてフリージアへ向き直り、問いかけざるを得なかった。

「ど、どういうことなの？　フリージアさん……」

「お、折を見てお渡《わた》しできないかとキャラバンに積ませてもらっていたもので、それがちょうど、この車両だったのであります……っ。しょ、少々お待ちを！」

と、慌《あわ》ただしく収納庫へ向かうフリージアだ。

そして彼女は、ラッピングされた大きなボックスを両手で運んでくる。

その高級感のある外装を、メリダはどこかで見覚えがあるような気がして――

はっ！　と思い出した。

となれば、中身の《肌着》とやらもありありと想像がつく。

「フ、フリージアさんっ、まさかそれは……!!」

「お察しのとおりであります……ど、どうぞお受け取りください」

フリージアの指がリボンをほどき、おそるおそるといった様子で蓋《ふた》を持ち上げる。

事情のさっぱり分からないエリーゼ、サラシャ、ミュールは、無垢《むく》な表情でボックスを覗《のぞ》き込んで……。

はわっ⁉と、揃《そろ》って顔を茹《ゆ》で上がらせた。メリダも熱いほっぺたを押さえる。

プレゼントの中身は言われたとおり女ものの肌着、ようするに下着である。ただし、ローティーンの女学生たちが決して身に着けてはならないような大胆《だいたん》かつ、扇情的《せんじょう》なデザインのものばかりだったのだ。色とりどりのそれらが、ボックスに満杯《まんぱい》……。

サラシャはもう、自らの想像力だけで「はうぅ～っ」と目を回していた。エリーゼは神々《こうごう》しいものを目の当《ま》たりにしたかのように「おぉ……」と唸っている。ミュールは薔薇《ばら》の色のパンティを摘まみ上げて、その面積のあまりの小ささに息を呑《の》んでいた。

「と、年上だって分かっていたけれど……」

フリージアに憧憬《しょうけい》のまなざしを向けて、丁寧《ていねい》なお辞儀《じぎ》をする。

「思っていたよりもずっとオトナでしたのね、フィズ御姉さま」

「フィズ御姉さま……」

「フィズ御姉さますごい」

「ちっ、ち、ち！　ちがうのでありますっっっ!!」

大慌《おおあわ》てで待ったをかけようとするフリージアである。

ちょっぴり可哀想《かわいそう》なので、メリダがあいだに入って説明してやった。このセクシー・ランジェリーの数々は、もとはミュールの母・アルメディアから贈られたものなのである。

セルジュ＝シクザールとワーウルフ族の引き起こした政略戦争の折、当時は敵側の立場であったフリージアと、メリダは出会った。アルメディアの作戦によると、フリージアをできるだけ長く引き留めておく必要があり……そのカムフラージュの道具として、このセクシー・ランジェリーが大いに役立ってくれたのである。

時間稼《かせ》ぎが目的であったからして、贈られた下着も相当な量になった。

そういえば、メリダはその行く末をさっぱり見落としていたが……どうやらフリージアは、律義《りちぎ》にもすべて受け取って保管していたらしい。

フリージアはようやく多少、息を落ち着けて、事情を打ち明けた。

「いただいたはよいものの、置き場所に迷っておりまして……こ、このような下着を大量に持っていることがもしお義母《かあ》さまに知られたら、ハレンチな娘だと思われて屋敷を追い出されてしまうのでありますっ！」

「ブラマンジェ先生はそんなことしないと思うけど……」

ただ、ハレンチな娘だとは思われてしまうなあ、とは、口に出さないメリダである。

フリージアはだいぶ切羽詰《せっぱつ》まっているようで、顔が真っ赤っかである。

「でっ、ですから！　みなさまとお会いできるこの機会が絶好のチャンスだと！　どうかみなさまも少しずつ、引き取っていただけないでしょうかっ⁉」

それから、火照《ほて》りをごまかすかのようにタンブラーの中身を呷る。

空になってしまったと見るや、自分でおかわりを注いで、さらに呷る……。

メリダはさすがに少し、責任を感じてきた。

「ま、まあ……もとはと言えばわたしとアルメディアおばさまが贈ったものだし」

「五人で分け合えば、そんなに多くない……よね……？」

「オセローさんに見つからないようにしないと」

サラシャもエリーゼも承諾《しょうだく》するなか、悪戯《いたずら》っぽい笑《え》みを浮かべるのがミュールである。

「イイコト思いついた。次のパジャマパーティではこれを着て、みんなでクーファせんせを誘惑《ゆうわく》しましょうよっ」

「も、もうっ、ミウったら！」

メリダもまた顔が熱くなってしまって、自分のタンブラーを探す。

ところが、中身はとっくに空だった。

おかわりしようと思ったけれど、ボトルも空だ。残念、甘くておいしかったのに……。

——というところで、ふと違和感《いわかん》に気づく。

「……ねえ、このジュースはどこにあったの？　収納庫？」

メリダも先ほど見に行ったが、積まれている食料は保存食に飲み水だけだったはずだ。

エリーゼがきょとん、と小首を傾《かし》げながら、教えてくれる。

「さっき、お近づきのしるしにってゆって、フリージアさんが」

「いけないっ……!!」

自覚した途端《とたん》、メリダの視界がぐらりと歪《ゆが》んだ。頰がいっそう熱っぽくなる。

倒《たお》れ込まないように、テーブルに手をつくのがやっとだ。

「これっ……これもさっき話した時間稼ぎ作戦のときに買ったものなの。フリージアさんは知らなかったでしょうけれど、お酒が入ってるのよ！　そういえば何本か残っていたんだったわ……！　彼女、下着と一緒《いっしょ》にこれもプレゼントしてくれるつもりだったのよ！」

「お、お酒っ!?」

みんな、ぱっ、と口もとを押さえるものの、もうとっくに欲張《よくば》りなお腹《なか》のなかだ。

もっとも深刻なのはフリージアである。みんなで功労者を称《たた》えようと競っておかわりを注ぎ、さっきも恥《は》ずかしさをごまかすために自ら呷り……ボトルの半分以上は彼女の取り分だったのではないだろうか。

当のフリージアはこちらに背中を向けたまま反応がない。

また気を失ってしまうのでは⁉　と、メリダは慌てて彼女の肩を摑《つか》んだ。

「大丈夫《だいじょうぶ》⁉　フリージアさん！」

すると彼女は、ぎろりとこちらを振《ふ》り向いた。

無事でよかったぁ〜……などと、安心している場合ではない。

メリダを見る目つきが、かつてないほどに鋭《するど》いのである。

「——キサマ、上官に向かってその口の利《き》き方はなんだ」

「ほ、ほえ？」

メリダは思わずあとずさった。

フリージアは体ごと令嬢《れいじょう》四人へと向き直り、威風堂々《いふうどうどう》と腕《うで》を組む。

「わたしのことは、フィズ御姉《おねえ》さま教官と呼ぶがいい‼」

「フィズ御姉さま教官⁉」

「なんか交ざってるわ……」

戦々恐々《せんせんきょうきょう》とするメリダたち四人は、とっくに気がついていた。

フリージアは酔《よ》っぱらっている……まず顔が赤いし目つきが怪《あや》しい。というか口調もおかしい。どうして酔うとこうなるのかさっぱり分からないものの、いたいけな四姉妹《しまい》としては背筋を緊張《きんちょう》させて横一列に並ぶしかない。

今の彼女に逆らったら、あの白骨のように窓からちぎって捨てられてしまうかも……！

フリージアは酔っているはずなのに、整然とした足取りで四人の前を往復する。

「わたしへの返事はイエスだけだ！　言葉のあとにはサーを付けろ！」

「い、イエス・サー！　御姉さま教官！」

「さっそくだが我々のなかに裏切り者がいる」

メリダたちは思わず、演技でもなく顔を見合わせた。

酔いが醒《さ》めるまでのごっこ遊びのはずなのに……なんだか妙《みょう》な展開になってきた。フリージアのふわついた脳内では、どんなシナリオが繰《く》り広げられているのだろう？

当の彼女は鞭《むち》のような声で、鋭く命じる。

「これよりスパイのあぶり出しを行う！　全員、服を脱《ぬ》いで監獄衣《かんごくい》に着替えろ！」

「か、監獄衣って……？」

「このハレンチな下着に決まっとろうが!!」

どうも彼女のなかでは、セクシー・ランジェリーは《罪》の象徴《しょうちょう》であるらしい……。

どちらにせよ、メリダたちはすごすごと従うしかないのである。窓にカーテンを引いてから、みんなでするするとお上品に旅装を脱ぐ。途中、二回ほど教官から「遅《おそ》い！」と急《せ》かされながらも、それぞれの選んだランジェリーに身を包んだ。

零《こぼ》れ落ちそうなバストを恥ずかしげに抱《かか》えているサラシャ。自らの未成熟な危《あや》うさに気づいていない様子のエリーゼ。メリダは二回目だが、あいかわらずすぐにめくれて見えてしまうデザインには頬《ほお》を熱くせずにはいられない。

いつの間にかフィズ御姉さま教官もランジェリーに身を包み、椅子《いす》で脚《あし》を組んでいた。

同じくランジェリー姿のミュールが、恭《うやうや》しく羽根ボウキを運んでくる。

「こちらをお持ちくださいな、御姉さま教官」

「うむ」

メリダとエリーゼは当然のことながら抗議《こうぎ》をした。

「いつの間にミウはそっち側についてるのよ⁉」

「ずるい」

ぺろっ、と舌を出して聞き流す、小悪魔《こあくま》なミュールである。

フリージア教官は羽根ボウキを鞭のように振るい、自らの手のひらを叩《たた》いた。

「誰《だれ》が無駄口《むだぐち》を許したか！」

下着姿のメリダたちは、ぴしゃりと背筋を正した。

早く酔いが醒めてくれないだろうか……っ。

今はまだ、フリージアの勢いを留めるものは何もない。

「――さて。こうして服を脱げば、誰が裏切り者かあきらかであるな?」

メリダは右を向いた。

エリーゼも右を向いた。

逃《に》げ場所のないサラシャは、「ひうっ」とたわわなバストを抱え込む。

親友たち三人が束になっても及《およ》ばない、ボリューミィな果実を……。

フィズ教官は迷いなく、羽根ボウキの先をサラシャに突《つ》きつける。

「裏切り者はおまえだ!」

「わたしもそう思うわ」

「まちがいない」

「い、異議ありですっ!」

ただひとり、本人だけが挙手をして反論した。

疑う余地もないと思うけれど……と、メリダ、エリーゼ、ミュールの三人は同情のまなざしである。フリージア教官はさらに声高《こわだか》に問い詰《つ》めた。

「では、キサマにひとつ問おう」

「な、なんでしょうか？」

「カルナネイブルでの会議のとき、なぜキサマは時間旅行の参加者に名乗り出たのだ？」

メリダたちははたと我に返って、サラシャの顔を見つめた。

そういえば……すっかり聞くタイミングを逃《のが》していたけれど、という面持《おもも》ちである。

サラシャは表情をこわばらせていた。

桃色《ももいろ》の唇《くちびる》を引き結ぶ。

「……も、黙秘《もくひ》します」

「捕《と》らえろ!!」

「「「いえっさー！」」」

たちまちほかの三人が躍《おど》りかかり、サラシャはベッドへと押し倒される恰好《かっこう》になった。

「ひゃあああっ⁉」と悲鳴を上げる彼女の両手を、ミュールが捉《とら》える。

頭の上へと《万歳《ばんざい》》させて、さらに左右の手首をリボンでラッピングするのだ。

もはや皿の上のご馳走《ちそう》同然である──フリージア教官はフォークのごとく羽根ボウキをかざして、サラシャのふとももの上へとまたがった。

最後にひとかけらの慈悲《じひ》を見せる。

「どうしても白状するつもりはないか？」

サラシャは気丈《きじょう》に唇を嚙《か》み、顔を背《そむ》けた。

「お、お話しできませんっ……」

「ならばくすぐりの刑《けい》を執行《しっこう》する！」

「ひうううううううっっっ⁉」

教官モードのフリージアはまっこと、容赦《ようしゃ》がなかった。羽根ボウキの毛先で剝《む》き出しの肌《はだ》に刺激《しげき》を与《あた》え始めたのである。ふとももからなぞり上げて、おへその縁《ふち》を責める。脇腹《わきばら》を経由してから、あらわな腋《わき》の下を執拗《しつよう》に撫《な》で回した。

メリダとしては、見ているほうこそむずがゆくなってしまう光景である。

サラシャは懸命《けんめい》に唇を嚙んで、漏《も》れ出てくる声を抑《おさ》えていた。

涙《なみだ》ぐましい努力……！　けれども教官は一切《いっさい》の手加減をしない。

「そろそろ話す気になっただろう？」

「ま、まだ……くひゅっ……まだまだ、ですっ……はぁっ」

頑《かたく》なである。さすがのフリージア教官も対抗心《たいこうしん》を刺激されたようだ。

すぐに透《す》けてめくれるセクシー・ランジェリーは、最後の砦《とりで》としては薄《うす》すぎる——フリージアは容赦なく薄布《うすぬの》の下へと羽根ボウキを潜《もぐ》り込ませて、あえて避《さ》けていたバストに狙《ねら》いを定めたのだ。さしものサラシャも「ひゃうっ⁉」と背筋を跳《は》ねさせる。

お手入れをするかのように羽根で払《はら》っているだけである。しかしそのやわらかな毛先にさえ抗《あらが》えず、バストが揺《ゆ》れる。押し込まれては、弾《はず》む。フリージアが外側から内側へとたっぷり肉感を寄せようとすれば、ぷるんっ、とダイナミックな揺れ戻《もど》しが起こった。

メリダは思わず口もとを手で覆《おお》うも、その光景に目が釘付《くぎづ》けである。

敏感《びんかん》なバストをあんなふうにされたらたまらないだろう……！　サラシャは左右の足をじたばたさせながら、ぎりぎりの様子で持ちこたえていた。

その態度に憐《あわ》れみを覚えたのか、幼馴染《おさななじみ》であるミュールが顔を寄せていく。

「そろそろ素直《すなお》になりなさいな、サラちゃん？」

「はぁン！」

途端、サラシャがそれまででもっとも大きな声を上げた。

いやいやをするようにかぶりを振って、何かを訴《うった》えようとしている。

「い、いまっ、耳に息かけないでっ……ミウちゃんっ……！」

なるほど。ガマンが臨界点寸前であるらしい。

しかしそう聞かされて、小悪魔なミュールが言うとおりにするだろうか？

それどころかにんまりと唇を吊《つ》り上げて、サラシャの耳たぶに、囁《ささや》くのである。

「ふうぅぅ……」

「――っ!?　～～～～～～～～～～～～～っっっ!!　ひっ、くぅ……っっっ!!」

ベッドが軋《きし》んで音を立てるほどに、サラシャは背筋を跳ねさせた。傍《はた》で見ているメリダはもう、可哀想《かわいそう》やらヘンな気持ちになるやらで直視ができない。

い、いちどベッドから離《はな》れたほうが良いかしら？　しかしそう思った矢先に、誰かが背中にのしかかってきた。

「エ、エリー？」

「わたしもリタに聞きたいことがある」

エリーゼの瞳《ひとみ》はとろん、と潤《うる》んでいる。

まさか！　とメリダは気づくも、疑うまでもなかった。メリダたちとてドリンクを少なからず飲んでいるのである。加えて、フリージアの酒気に中《あ》てられてしまったのだろう。

エリーゼは左右の腕をこちらのお腹《なか》へと回し、逃がしはすまいという体勢である。

「リタも最近、わたしたちにかくしごとしてない？」

「ふえっ？」

「クーファ先生とふたりで……目配せしてるような」

メリダはぎくりと心臓を跳ねさせた。

最愛の姉妹のエリーゼにさえ明かせない隠《かく》しごと――と言えば、クーファにまつわることに他《ほか》ならなかった。彼はなぜ、フランケンシュタイン族に協力を取りつけられたのだろうか？　そのことを隠したまま会話を進めるために、確かに最近、親友たち四人でいるときにしどろもどろになってしまうことが、何度かあった。

クーファの正体はハーフ・ヴァンパイアである――

しかしそのことは、大切な姉妹たちだからこそおいそれと教えることはできない。メリダとて最初は、『記憶《きおく》を消さねばならない』とまで言われたのだ。

口を噤《つぐ》むしかない……。

しかしメリダの震《ふる》えと緊張を、エリーゼは触《ふ》れ合う肌から敏感に感じ取ったらしい。

なぜか――なぜかどことなく待ちかねたという雰囲気《ふんいき》で、体重をかけてくる。

「白状するまでくすぐる」

「うきゃああああっっっ!?」

もちろん支えることなどできず、ベッドへ押し倒《たお》されるメリダだ。

サラシャと同じようにのしかかられる。羽根ボウキは二本もないので、エリーゼは左右の手のひらでわちゃわちゃとくすぐってきた。思わず体じゅうがぶるりと震えてしまう。

「あははっ！　やめっ、やめなさいエリー！　あはははっ」

「こちょこちょこちょこちょ……ふんかふんか」

「エリー、あなた本当に酔《よ》ってる⁉」

「酔ってる。いまはリタ以外なにもみえない」

「あはは、だからっ、ヘンなところくすぐらないでぇ〜〜〜っっっ！」

するとと、誰かが真上からメリダの顔を覗《のぞ》き込んできた。

ミュールである。桃色の唇をぺろりと、色っぽく舐《な》め上げて……こちらは間違いない、すっかり酔っていた。互《たが》いの唇が触れてしまいそうになるほど間近で見つめてくる。

「サラちゃんもリタちゃんも……嗚呼《ああ》っ、なんて可愛《かわい》い声なのかしらぁ？」

「ミウ、ちょっと、やめなさいっ。どこに手を……っ！」

「リタちゃんたちが悪いのよ？　わたしたち姉妹《しまい》に隠しごとなんて……」

ミュールの触《さわ》りかたは、エリーゼのそれとはベクトルが違った。しかも、酔っているぶんブレーキがなくアクセル全開で――つまるところ、ランジェリーの内側へと両手を忍《しの》び込ませてきて、左右のバストを、十指で逃がさないように包み込んだのである。

「はうっ⁉」と、たまらず背筋を跳ねさせてしまうメリダだ。

あいにくメリダのそれは、小波しか起こさないほどのボリュームであるからして――ミュールときたら搾《しぼ》るようにタッチして肉感を堪能《たんのう》しているのである。メリダはもう、たまったものではない。四つの手のひらから刺激を与えられてヘンになってしまいそうだ。

「もうっ、もう……みんな早く目を覚ましてえええええ～～～～～～～っっっ！」

そうして五人の吐息《といき》が混じり合う時間の続くこと、数分……。

キャラバンの車内はようやく落ち着きを取り戻していた。ベッドの上でバストを抱《かか》え、荒《あら》い息を整えているサラシャと、メリダ。どことなく満足げに付き添《そ》うエリーゼ。

そして彼女らの前では、フリージアが一転、平身低頭の構えである。

顔が赤いどころか、青ざめていた。

「平に……平にご容赦いただきたく……っ」

丸めた背中が子ウサギのように震えていた。鬼《おに》教官の面影《おもかげ》はどこへやら！　もうすっかり酔いは醒《さ》めたようである。

しかしそれでよしとせず、お礼とばかりに羽根ボウキを振《ふ》って笑うのが、セクシー・ランジェリー姿のミュールだった。

「それじゃ、形勢逆転ね？　フィズ御姉《おねえ》さま……」

ぎらりと眼光を放ったのがメリダとサラシャ。「ひうっ」と震え上がるフリージア……。

いや、まっこと、年長の彼女は今日は大活躍《かつやく》で、疲《つか》れも溜《た》まったことだろう。

彼女が気を失って眠《ねむ》るまで、四人がかりでマッサージをしてやることに決めた、メリダたちなのである――

フリージア＝ブラマンジェ

位階：ガンナー

HP	870	AP	997		
攻撃力	69(1187)	防御力	94	敏捷力	45
攻撃支援	0～25%	防御支援	–		
思念圧力	50%				

主なスキル／アビリティ

遠見Lv.9／遠距離戦知識Lv.2／マスタースミスLv.1／弾道予測Lv.3／明鏡止水Lv.7／修舞士・初級翻歩法《スライドヒール》／修銃士・上級天射撃《イグニートライン》

CATALOG.02　ナイト・キャラバン

動物に荷物を引かせるという発想自体はありふれたものだ。しかしフランドールにおいて、その移動距離は街区の行き来に限られている。だがあるとき、とある画家が人生のすべてを絵に捧げたいという思いから荷馬車に居住設備を増設し、常に新しい風景を求めて移動し続ける暮らしを始めたことで一躍話題となった。彼の使用していた前衛的な荷車は、今も博物館に展示されている。
おそらくレイボルト財団もこれにインスピレーションを得て、より夜界の探索に特化させた《住みながら走る車》を発明したのだろう。

（時価180,000,000G）

LESSON：Ⅳ　〜名乗らぬ者の追跡《ついせき》〜

明け方——と言っても、この地では決して世界が白むことはないけれど。

ともかく目覚ましのベルが鳴る前に、ぱちりとまぶたを開いたメリダである。やや寝苦《ねぐる》しいと思えば、さもありなん、同じベッドにはほかに三人の少女が眠っていたのだ。

エリーゼとミュールは上着を羽織っていたものの、フリージアはランジェリー一枚きりの恰好《かっこう》のままだった。皆《みな》、気持ちよさそうに寝息を立てている……メリダはベッドを軋ませないように気を遣《つか》いながら、床《ゆか》へと下りた。

キッチンでお湯を沸《わ》かし、紙コップをふたつ用意する。

粉末のカフェオレなどという、気の利《き》いたものがあった。ケトルが鳴る直前で火を止めて、紙コップに等量ずつお湯を注《そそ》ぐ。きめ細かな泡《あわ》が膨《ふく》らんで、湯気が立った。

外は冷えるかもしれない。上着をもう一枚羽織って、予備の毛布を抱える。

転ばないように気をつけながら、キャラバン内の階段を上れば……。

屋根の上が見張り台になっているのである。大人ひとりぶんのスペースでサラシャが毛布にくるまっていた。メリダはその隣《となり》にぴったり収まって、片方のコップを渡《わた》す。

「おはよう、サラ」

サラシャは春を思わせる笑顔《えがお》で応《こた》える。

「おはようございます、リタさん」

そうしてふたりでスペースを分け合って、毛布とカフェオレで暖を取るのだ。

静かである……世界に自分たちだけしか存在していないかのようだ。

暗くて一寸先も定《さだ》かではないということが、その錯覚《さっかく》に拍車《はくしゃ》を掛《か》ける。

ひとりでの見張りはさぞ心細かったろうに、サラシャはこちらを気遣ってくる。

「今はわたしの番ですから、もう少し眠っててもよかったんですよ？」

「目が冴《さ》えちゃって」

フリージア以外の四人で、交代で見張りと睡眠《すいみん》を取ることに決めたのである。

今日はいよいよ、ティンダーリアの遺跡《いせき》へと舵《かじ》を取らねばならない。

その道行きにどんな困難が待ち受けているのだろうか……。

憩《いこ》いの時間は長くはないかもしれない、なんて、思いたくはないけれど。

メリダはサラシャの肩《かた》へと、こつん、と頭を寄りかからせた。

「ねえサラ。フリージア——フィズさんじゃないけれど、わたしも聞きたいの」

「なんですか？」

「どうして時間旅行に立候補したの？　そんなに歴史に熱心だなんて思わなかった」

サラシャが身じろぎをしたので、メリダは頭を持ち上げて、振り返《かえ》る。

ベッドの上の三人はまだ、すうすうと寝息を立てている……。

メリダは前へと向き直る。紙コップを指でこすりながら、待った。

やがて、サラシャは消え入りそうな声で語ってくれる。

「時間旅行が……一度きりだっていうのは、分かってるんですけど……」

「うん」

「……どうしようもないことだって、分かってては、いるんですけど」

サラシャはうつむいて、言葉を零《こぼ》した。

「不安で――」

「不安？」

「わたし……《シクザール公》になんかなれない。父さんも母さんももういなくて、兄さんみたいにうまくはやれない。今はクシャナ姉さんがいるからみんなも認めてくれているけど……その姉さんも、兄さんも、遠くないうちにいなくなってしまうの！」

シクザール家に降りかかった逃《のが》れようのない呪《のろ》いである。

とある強大なランカンスロープが命と引き換《か》えに残していった呪い。セルジュたちはやがて自我を蝕《むしば》まれ、人間とランカンスロープの狭間《はざま》に位置するルー・ガルーという化け物と化す。サラシャ以外のシクザール家全員に、その運命が決定付けられていた。

仇敵《きゅうてき》の名はバンダーデッケン——シクザール家前当主のジェンロンとディリータは、奴《やつ》を討《う》つ栄誉《えいよ》と引き換えに冥府《めいふ》へと堕《お》ちた。そしてセルジュは破滅《はめつ》の運命を切り開くために革命を起こそうとし、その咎《とが》を背負って罪人になった……。

今の彼が生かされているのは、『いずれ死ぬから』、という理由が大きい。

クシャナとて呪いの虜囚《りょしゅう》と同じ……。

そうして最後に残されるのは、サラシャだけである。

メリダは膝《ひざ》を抱えた。想像するだけで悲しくて仕方なくなってしまったのだ。

サラシャはもういちど後ろを確かめてから、前に向き直った。

「こんなことフランドールでは話せないわ。だってわたし、後悔《こうかい》しているんです。五年前の戦いに向かう父さんと母さんを引き止めていたら——兄さんが革命なんか起こさなければ——わたしがもっと早く、いろいろなことに気づいていれば——………」

メリダには彼女の悩《なや》みに応えられるほどの知恵《ちえ》なんて、見つからなかった。なんてちっぽけなのだろう。相談に乗ってあげることもできない。

必死で必死で、頭を働かせた。

……自分の経験に頼《たよ》れないのであれば、身近なひとのそれは、どうだろうか？

メリダは考えながらでも話し始める。沈黙《ちんもく》を長引かせるまいと。

「……先生もね？　最近、同じことで悩んでいるみたいなの」

「クーファ先生が？」

「彼、最近わたしたちによく、『つらいだろうけれど我慢《がまん》してくださいね』って言うでしょう？　なんでそう言うのかって考えると……彼自身がつらいからなのよ！」

サラシャははっ、と息を吸い込んだ。

震《ふる》えるような声で、囁《ささや》く。

「クーファ先生も……不安になったりするんだ……――」

メリダは彼女の瞳《ひとみ》を見つめ返して、頷《うなず》く。

「先生もサラとおんなじ、《これまでの暮らし》を愛《いと》おしく思っているの。カーディナルズ学教区《がっきょうく》のお屋敷《やしき》で、エイミーやグレイス、マイラやニーチェと一緒《いっしょ》に働いて、エリーやロゼッティさまと学院に行く。クラスのみんなや、ブラマンジェ学院長や、ラクラ先生がいて、みんな彼を受け入れてくれるわ……」

ぐすっ、と鼻を鳴らす。徐々《じょじょ》に声が湿《しめ》っぽくなってしまう。

「休日にはサラやミウとも会えるわね。お祭りや旅行に出かけたりもできる。セルジュさまもしょっちゅうちょっかいをかけてくるし、アルメディアおばさまやフェルグスお父さまが、そんなわたしたちを見て呆《あき》れて笑っているかもしれないわ。――きっとクーファ先生も、そんな毎日が大好きで、幸せだったのよ」

ふいに涙《なみだ》が零れてしまう。けれど彼が泣かないのだから、メリダも我慢をするのだ。

ぎゅっ、と唇《くちびる》を噛《か》んで持ちこたえてから、息を落ち着けた。

「クーファ先生も今、必死で不安と戦ってる。カーディナルズ学教区を離《はな》れてよかったのか――騎兵団《ギルド》を裏切ってよかったのか――アルメディアおばさまに逆らってよかったのか――わたしたちを連れ出してしまってよかったのか――夜も眠れないくらいに悩んで、それでも最後に、『これでよかったんだ』って思える未来を迎《むか》えるために、戦ってるのよ」

サラシャはコップを置いて、ぴしゃり、と自分のほっぺたを挟《はさ》んだ。

彼女も涙声で、目もとが赤くなっている。

「わたし……自分が恥《は》ずかしい。こんなにクーファ先生に守ってもらっておいて……っ」

メリダはいっそう身を乗り出して、彼女の手のひらに自分のそれを絡《から》ませた。

「もし――時間旅行のチャンスが一度しかないのなら、それは過去をやり直すためじゃなくて、未来をよくするために使うべきよ。そう思わない？」

サラシャは目に涙を溜《た》めて、何度も何度も、小刻みに頷いてきた。

メリダは、胸のなかの憂《うれ》いを、ふうと大きく吐《は》き出した。

少し吹《ふ》っ切ったように顔を上げて、言う。

「彼が何も言わないから、わたしも教える機会がないんだけれど」

「なんですか？」

「これだけは確かなの。――わたしは現在《いま》も幸せです、って」

メリダはサラシャの肩口に額を当てて、最後の涙を隠《かく》した。

サラシャはこちらの背中に左右の腕《うで》を回して、ぎゅうっ、と抱《だ》き寄せてくれる。

灯《あか》りひとつ見えなくたって、充分《じゅうぶん》に温かい……。

サラシャがくすくすと肩を震わせたので、メリダはきょとん、と顔を上向けた。

「なあに？」

互《たが》いの鼻がくっつくほどの近くに、サラシャの微笑《ほほえ》みがある。

「ミウちゃんの気持ちが、わたしもようく分かった気がします」

メリダはびくりと全身を固めてしまった。

何せサラシャときたら、そのままメリダの頬《ほお》にキスをしてきたのだ！　エリーゼやミュールならいざ知らず――普段《ふだん》の彼女からはかけ離れた大胆《だいたん》さである。サラシャからの初めてのキスに、メリダは真っ赤になってしまった。

いやが上にも体温を意識してしまうではないか。

サラシャはミュールみたいに小悪魔《こあくま》な笑みを浮《う》かべていた。

「えへ……こんなところ学園のみんなに見られたら、噂《うわさ》が立っちゃいますね？」

「も、もうっ、だめよ？　サラ。わたしたち、優等生で通ってるんだからっ」

けれども、メリダの心臓は高鳴りっぱなしだ。

《灯《ひ》》の差さない夜界《やかい》の空気はやはり冷える……ふたりはそれを言い訳にして、お互いの毛布を開いた。二重にしてくるまりながら、相手をじかに抱きしめ合う。

クラスメイトに見られたら確かに誤解されてしまうだろう。

そんな背徳感を分け合いつつ、ふたりは鼻をすり寄せて、くすぐったそうに笑うのだ。

――けたたましいベルの音が響《ひび》く。

メリダたちはふたつの意味で驚《おどろ》かされた。まずはベルの音量に肩をびくっ、と跳《は》ねさせて、次いで前触《まえぶ》れもなくベッドから飛び出した人影《ひとかげ》に「きゃあっ⁉」と悲鳴を上げる。

フリージアである。間違《まちが》いなくぐっすりと眠《ねむ》っていたはずなのに、ベルが聞こえた直後にバネ仕掛《じか》けのごとく跳ね起きたのだ。迷いなく通信機の前に陣取《じんど》ってヘッドセットを耳に当て、いくつかのレバーを上げる。――ランジェリー姿のままで。

その騒《さわ》ぎに、ミュールとエリーゼもまぶたをこすりながら起き出してきた。

「な、なあに？　……目覚ましの音？」

「いいえ、通信であります」

フリージアはさすがに夢うつつなのか、はれぼったい目でダイヤルをいじっている。

ヘッドセットのプラグを引き抜《ぬ》いた。……しかし、ノイズだらけで何も聞こえない。

「このナイト・キャラバンに通信してくる相手は限られているであります」

「そ、そっか！　先生たちや、黒天機兵団《ギルド・オーダイン》のひとたちが……！」

少女たちの寝起きの頭もようやく事態を受け入れてきた。メリダとサラシャは急いで見張り台から階段を下りて、エリーゼとミュールはベッドから這《は》い下りる。それぞれ脱《ぬ》ぎっぱなしだったストッキングやスパッツを穿《は》き直しつつ、通信装置の前へ。

メリダはフリージアの剝《む》き出しの肩に、上着を掛けてやる。

当のフリージアは前のめりになりながら、慎重《しんちょう》にダイヤルをいじっていたが……。

ふと、ノイズが止《や》む。

スピーカーから声が聞こえてきた。細切れに。

『……ラシャ……サラシ……こだい？』

「兄さんっ⁉」

『サラシャ……サラシャ……！』

どことなく切迫《せっぱく》したその声は、まさしくセルジュ＝シクザールのものだった。

サラシャは身を乗り出した。しかし、まだマイクが入っていなかったらしい。

フリージアが電源を入れて、あらためてサラシャはマイクを引き寄せる。

「兄さんっ、無事なの⁉　誰《だれ》もケガはしていない⁉」

『……ラシ、ャ……サラ……い？』

スピーカーからの声はノイズがひどかった。こちらの声は届いているのだろうか。

セルジュの声は懸命《けんめい》に繰《く》り返してくる。

『どこだい……？　どこだい？』

メリダたちはとっさに車内を見渡《みわた》した。セルジュはこちらのキャラバンの現在位置を知りたがっているのだ。何か、手掛《てが》かりになりそうなものはないだろうか？

当てもなくぐるりと周囲を探してから、メリダはポケットへと手のひらを入れる。

「これぐらいしかないわ」

みんなの前に取り出したのは星間羅針盤《らしんばん》である。盤面には何層かの目盛りが刻まれているのだ。メリダたちには読み取ることができないが、セルジュたち大人なら、夜界の地図と照らし合わせてこちらの位置を割り出すことができるのではないだろうか？

その可能性に賭《か》けるしかない。サラシャは羅針盤を受け取って、マイクを引き寄せた。

「兄さん、星間羅針盤の目盛りを読み上げるね？　外側から八十九・四十・六十三……聞こえる？　八十九・四十・六十三よ！」

『……待っててくれ』

　そのときだった。

　唐突《とうとつ》に後ろから伸《の》ばされた手のひらが、星間羅針盤をサラシャの手ごと押さえ込んだ。

「ミウちゃん？」

　幼馴染《おさななじみ》の呼びかけにも反応しない、ミュールである。どうしたというのだろう。スピーカーを睨《にら》みつけて黙《だま》りこくってしまった彼女に、ほかの面々は唖然《あぜん》とするばかりだ。

　やがてミュールはサラシャの隣《となり》へと身を乗り出して、マイクに顔を近づけた。

「――ごめんなさい、お兄さま。目盛りを逆に読んでしまったみたい。六十三・四十・八十九が正しい数値よ。六十三・四十・八十九！　間違えないでくださいまし」

「えっ⁉」

　と声を上げかけたサラシャを、メリダは無意識に引き止める。

　ミュールは重ねてマイクへと問うた。

「それから、そこにわたしの従者はいる？　お母さまがカンカンだから、早く迎えに来ないと大事なコレクションがオークションに流されるわよ、って伝えてあげて」

『…………』

スピーカーはしばし、返事をしなかった。

数秒の沈黙を挟んで。

『すぐに行く』

それだけ言い残して、ぶつっ、と通信が断《た》たれた。

相手側が電源を落としてしまったらしい。念のためもういちど呼びかけても応答がなかったので、フリージアが先ほどと逆の手順でレバーを下げ、電源を切った。

メリダはサラシャから腕を離して、我慢していた問いを投げかけた。

「い、今のはどういうことなの？　ミウ……」

ミュールは返事をするよりも先に身を翻《ひるがえ》した。

持ち出し用のバックパックを引っ張り出して、中身を確かめる。戸棚《とだな》から飲料水の瓶《びん》と携帯《けいたい》食料をいくつか取り、空きスペースに詰《つ》め込んでから留め金を嵌《は》めた。

それから、「しまった」と言わんばかりにもういちど蓋《ふた》を開ける。

もどかしげな手つきで、今度はネクタルの燃料缶《かん》へと手を伸ばすのだ……。

「フィズ御姉《おねえ》さま、身支度《みじたく》を。みんなも準備をして頂戴《ちょうだい》」

メリダにエリーゼ、サラシャたちは目を白黒とさせるばかりだ。

「じゅ、準備ってなんのっ？」

バックパックから不要なものを取り除《のぞ》いて、代わりに燃料缶を詰める。若干《じゃっかん》の余白を残しながら今度こそしっかりと蓋を閉じて、留め金を嵌め――

ミュールは、切迫した表情で振《ふ》り向いた。

「急がないと！」

†　†　†

エンジンの音は獣《けもの》の唸《うな》り声に似ている。

猛烈《もうれつ》に回転するタイヤが大地を揺《ゆ》らし、森の虫たちを震《ふる》え上がらせた。

ヘッドライトが闇《やみ》を切り裂《さ》く――

一台のキャラバンが、もの凄《すご》い速度で木々の合間を走り抜けている。一歩間違えば転倒《てんとう》して大事故だろうに、脇目《わきめ》も振らずに猛突進《もうとっしん》だ。どこへ向かっているのだろうか？

その後方を、さらに上回るスピードで追い上げてくる影《かげ》がある。

何せそちらは、空を飛んでいた。遮《さえぎ》るもののない空中で存分に羽を広げ、たやすくキャラバンを追い抜く。それから急降下。キャラバンは左に鋭《するど》く旋回《せんかい》すると、後輪を滑《すべ》らせながらブレーキを掛《か》けた。地面が大きく抉《えぐ》れ、金属の車体が悲鳴を上げる。

キャラバンが急停止した、その目前に、翼《つばさ》を持つ怪物《かいぶつ》が降り立つ。

左右の鉤爪《かぎづめ》によって、我が物顔で地面を踏《ふ》みつける。

否《いな》――顔がない。

伝説上の化け物と言われる、ジャバウォックだった。

その背中からひらり、と人影が舞《ま》い降りる。

穢《けが》れのない白髪《はくはつ》に少女じみた肌《はだ》の、セオドーアという名のヴァンパイアだ。彼はまず、運転席にさっと目をやりながら早足でキャラバンに駆《か》け寄った。ドアを引き開ける。

警戒《けいかい》するそぶりもなく、車内へと押し入る。

暗い……。

奥の小部屋を含《ふく》めて、どこにもひとの気配はなかった。運転席もすでにもぬけの殻《から》だ。行動が早い……運転手も初めから逃《に》げることを決めていたのだろう。

セオドーアは窓越《まどご》しに、ジャバウォックへとジェスチャーを送った。

自分の喉《のど》をこんこん、とノックする仕草だ。

するとジャバウォックは二度、三度、下水道を思わせるような濁《にご》った咳《せき》をした。

その虚《うつ》ろな口から声が響いてくる。

『……ラシャ。サラシャ。どこだい？』

セルジュ＝シクザールを知る者が聞けば嫌悪感《けんおかん》を催《もよお》すような響き。

それは彼の声質に非常に近しく、またその言葉は、カルナネイブルでの襲撃《しゅうげき》の折に彼が妹を案じて叫《さけ》んだものと――息継《いきつ》ぎに至るまで、まったく同じだったのだ。

ジャバウォックはのっぺらぼうの無表情で、彼の美声を再現する。

『どこだい？　すぐに行く。待っててくれ……』

セオドーアはしばし、耳を澄《す》ませて周囲を窺《うかが》った。

しかし、キャラバンのなかはもちろん、森の暗闇からも反応はない。

ちっ、と舌打ち。

「気づいたか」

右の手のひらを掲《かか》げれば、その中心に青白い凍気《アニマ》が集中する。

その圧力は、輝《かがや》きとともに際限なく高まっていって――

爆発《ばくはつ》音。

空の彼方《かなた》から轟《とどろ》いてきたその音に、メリダたち四姉妹《しまい》ははっ、と振り向いた。

旅装にバックパックという身軽な恰好《かっこう》で、ランタンを掲げているのである。

爆発音からはさほど離《はな》れていない森のなかだ――

ミュールは頬《ほお》に冷《ひ》や汗《あせ》を光らせた。

「やっぱり罠《わな》だったんだわ」

彼女はスピーカーからの声に、いち早く違和感《いわかん》を覚えていたのである。そこで、セルジュの偽者《にせもの》であれば答えようのない呼びかけをして、カマをかけたというわけだ。

……案の定、迎《むか》えにきたのはセルジュたちではなかったらしい。

そうと分かれば、四人娘《むすめ》はランタンを掲げて足早に爆発音から離れるのである。

ランタンの灯《あか》りは四つ。メリダ、エリーゼ、サラシャにミュールのみだ。

メリダは早口にならざるを得なかった。

「フィズさん、本当に大丈夫《だいじょうぶ》かしら？」

「戦わずに逃げるって、約束してくれたけれど……」

サラシャも不安を隠《かく》し切れていない。

誰かが残る必要があり、その役目はキャラバンを操縦できるフリージアしか務められなかったとはいえ……陽動を買って出てくれた彼女を案じずにはいられない。

何せ追手はヴァンパイア族に伝説上のジャバウォックだ。クーファたちはどうなってしまったのだろう。黒天機兵団《ギルド・オーダイン》の被害《ひがい》は？　みんなはどこへ行ってしまったのか……何を考えても答えの知れるはずがない。ただ、足取りをぎこちなくさせるだけだ。

どちらにせよ、メリダたちはすぐに自分の心配をしなければならなくなった。

頭上の梢《こずえ》の向こうを、キャラバンの比ではない速度で何かが飛び去ってゆく。

竜《りゅう》を思わせる巨大《きょだい》なシルエットだ。全部で三頭。通り過ぎていったかと思えばすぐに旋回し、メリダたちのほうへと引き返してくる。

耳をつんざくような咆哮《ほうこう》を上げた。

メリダたちはぎょっ、と立ち止まって、その禍々《まがまが》しい影を見上げた。

「ジャバウォック……っ！」

「どうして⁉　キャラバンとは別の方向に向かってるのに……！」

怪物は間違《まちが》いなくメリダたちの居どころに見当がついているようだった。翼で風を切り鋭く高度を下げる。メリダたちはとっさに走り出した。

ぼうっ、と立ち止まっていたら見つかっていたかもしれない。

何せジャバウォックときたら、降下してきた勢いのままに地面へ激突したのである。正しくは左右の鉤爪を地面に叩《たた》きつけ、落下の衝撃《しょうげき》を粉塵《ふんじん》に変えて舞い上げる。

重苦しい衝突音が、三つ。

粉塵が雲のごとく膨《ふく》れ上がったのと、メリダたちが木陰《こかげ》に飛び込むのが同時だった。危《あや》ういところで敵の視線から逃《のが》れる。ジャバウォックは粉塵のなかから顔を突《つ》き出して辺りを嗅《か》ぎ回り始める。

メリダたちは木の幹に懸命に背中を押しつけ、息を抑えた。

怪物の息遣《いきづか》いが、いやに生々しく響《ひび》き続ける……。

どうしてこちらの居場所が分かったのだろう？　メリダは考えざるを得なかった。

慎重《しんちょう》を期して、木陰から顔を覗《のぞ》かせる。

あらためて間近で目にする、醜悪《しゅうあく》な化け物の姿……それが三頭も！

そのうちの一頭が、メリダの視線を感じ取ったかのように顔を跳《は》ね上げる。鼻で息を吸い込む。鋭く、大きく、何度も空気を嗅ぎながらこちらへと首を向けた。

メリダはとっさに顔を引っ込めて、手持ちのランタンを明後日《あさって》のほうへと投げ捨てた。緩《ゆる》やかに弧《こ》を描《えが》いてから、地面に転がる。はずみで蓋が外れたらしい。ネクタルが撒《ま》かれて火種が落ち、茂《しげ》みへと炎《ほのお》の勢力が広がる。

その途端《とたん》、三頭のジャバウォックが歓喜《かんき》の雄叫《おたけ》びを上げた。

我先にと燃え上がる茂みへと群がり、炎を草ごと貪《むさぼ》り始める。その隙《すき》にメリダたち四人は木陰から飛び出した。怪物たちに背を向けて走る。

「やっぱりそうだわ！」

身軽になったメリダは、一度だけ後ろを振り向いた。

「あいつらにとっては餌《えさ》だから、ネクタルの匂《にお》いが分かるのよ！」

それを聞いて、ほかの三人はとっさにランタンの光量を絞《しぼ》った。夜界を探索《たんさく》する人間にとっては、まさしくこの上なく厄介《やっかい》な怪物である……ジャバウォック！

灯りを手放すことはできない。となれば見つかるのも時間の問題だろうと思えた。どこか、身を隠せる場所を探さなくてはならない。ランタンを持つ三人が、走りながら懸命《けんめい》に周囲へ視線を巡《めぐ》らせた。

そして、気づいたのはエリーゼだった。

「見てっ、トンネルがある」

彼女の持つ灯りが道を外れて、ほかの三人も引きずられるようにしてついていく。

森が途切れて、鋭い崖《がけ》が切り立っていた。山……だろうか？　ともかくその麓《ふもと》に、ひとの手による門が開かれていたのである。

門の向こうは緩やかに道が下っていき、地下に繋《つな》がっているようだ。

当然ながら、奥の様子を見通すことはできない。

門の手前まで辿《たど》り着いて、四人は一度立ち止まってから、顔を見合わせる。

確かに洞窟《どうくつ》のなかならば、空飛ぶ怪物にとっては窮屈《きゅうくつ》に違いない。

ミュールが慎重に意見を唱える。

「あまりこういうときは、狭《せま》い場所に入りたくはないけれど……」

そのとき、後方から何重もの雄叫びが響いてきた。思わず振り返させられる。

ご馳走《ちそう》をたいらげた怪物が、なおも空腹を訴《うった》えているのだろうか？

ミュールは肩《かた》をすくめた。

「選択肢《せんたくし》はないわね」

彼女がランタンを掲げ、洞窟へと踏み込んだ。エリーゼにサラシャが、自分のランタンの灯りを消して続き、最後にメリダが念入りに後方を睨《にら》みつけてから、門をくぐった。

十歩も進めば、途端に静かになる……。

かなりの広さがあるようだ。洞窟というよりは、地下空洞《くうどう》といった趣《おもむき》だろうか。

しばらく道を下ってから、灯りを持つミュールが後ろを振り返る。

「追いかけてこないわよね？」

さすがに匂いも辿れなくなったということだろうか。……そう期待するしかない。

メリダはようやく少し息を落ち着けて、周りを見回すことができた。

「……昔のひとは、なんのためにこんな洞窟を掘《ほ》ったのかしら」

ふと、前を歩いていたサラシャが立ち止まったので、メリダは追突《ついとつ》しそうになる。

先頭を歩いていたミュールが、片方の手を上げて皆《みな》を制したのだ。

「気をつけて。道が狭くなっているわ」

彼女がランタンを持ち上げて、その先の空恐《そらおそ》ろしい光景が光に照らされる。

地面に大穴が空いている。気の遠くなるような深さ……というよりは、底が見えない。

メリダは試《ため》しに、足もとから小石を拾って、穴へと放《ほう》ってみた。

かすかに風を切る音とともに、小石は奈落《ならく》へと吸い込まれてゆく……。

反響音《はんきょう》は、いつまで経《た》っても聞こえてこなかった。

ミュールは気を引き締《し》めるように頷《うなず》く。

「足を踏《ふ》み外したら一巻の終わりね」

橋とも呼べないような狭い足場が、空中に張り巡らされていた。手すりさえない。エリーゼもサラシャもランタンを点《つ》け直し、慎重に足もとを照らしながら進む。

メリダはサラシャの外套《がいとう》に摑《つか》まらせてもらい、足を滑《すべ》らせるようにして歩いた。

「こんなところでランカンスロープに襲《おそ》われたらひとたまりもないわ」

幸いにして、周囲にはなんらの気配も感じないけれど……。

ここは坑道《こうどう》だったのだろうか。何を採掘《さいくつ》していたのだろう。夜界に来てから答えの出ない問いばかりだ……せめて、進む先に出口が開いていることを願うだけである。

ひとつの橋を渡《わた》り切り、皆でお互《たが》いの存在を確かめ合ってほっ、とひと息つく。

そこで、サラシャが何かを見つけたようだ。

「部屋があります」

彼女のランタンが壁《かべ》の一角を照らしていた。

確かに、朽《く》ちた木製の扉《とびら》が……半端《はんぱ》に開かれたままになっている。

誰《だれ》からともなく、その扉へと慎重に歩み寄った。フリージアみたいに勇猛《ゆうもう》にとはいかないけれど、ランタンを持たないメリダが率先《そっせん》して身を乗り出し、隙間《すきま》から室内を窺う。

ミュールが高くランタンを持ち上げて、光をもたらしてくれた。

予想通り、誰もいない……。

生きている者も、死んでいる者もだ。

「休憩《きゅうけい》部屋、かしら？」

安全が確認《かくにん》できたところで、扉を開けて皆で室内へと踏み込む。

放棄《ほうき》されてどれだけの年月が経っているのか想像もできない。木製のテーブルは少し強く押すだけで崩《くず》れてしまうだろうと思うほどに腐《くさ》っていた。サラシャは室内の設備をぐるりとランタンで照らして、静かに呟《つぶや》く。

「詰《つ》め所《しょ》……のように見えます」

昔、この鉱山で働いていた者たちが、ここで意見を交《か》わしていたのだ。

ミュールがやや早口になって言う。

「ねえみんな、気づかない？」

「なあに？」

「クーファせんせやセルジュお兄さまが言っていたわ、『古代の遺跡《いせき》は、今やすべて岩塩と化している』って。でも、ここはそうじゃないのっ」

みんな、はっとなって入口へと振《ふ》り返る。

木製の扉……木製のテーブル……そして、木製のままの棚《たな》だ。

棚には、薄汚《うすよご》れたレポートの束が突っ込まれていた。

試しに引き抜《ぬ》こうとすれば、途端にもの凄《すご》い量の埃《ほこり》が落ちる。みんなで念入りに粉塵を追い払《はら》って、苦労して引っ張り出した羊皮紙を、テーブルへと広げた。

黒いインクで何ごとかが綴《つづ》られている。

「読めそう？」

「どれも劣化《れっか》がひどいわね」

指で摘《つ》まんだだけで崩れてしまいそうだ。インクが掠《かす》れている部分も多い。

しかし、幸いにもその文章はフランドールの公用語と同じだった。ミュールが一枚を取り上げて、ランタンをテーブルへと置く。

「読めるのはこれぐらいだわ。『採掘百七日目』——日誌みたい」

全員が彼女の声に耳をそばだてる。

ミュールは、なるだけ感情を混ぜないようにして読み上げた。

「『採掘百七日目にして《最果ての石層《せきそう》》へと行き着いた。これより先は岩盤《がんばん》が硬《かた》すぎて掘り進めることができない。ここも廃鉱《はいこう》とせざるを得ないだろう……いったいどこに出口があるというのか。私たちは虜囚《りょしゅう》と同じである。この行き場のない、閉じられた世界の』」

メリダたちは顔を見合わせた。

慎重に意見を述べる。

「この洞窟に……閉じ込められていたってこと？」

「でも」

エリーゼが、無垢《むく》な様子で壁を指差す。

「入口の門……そんなに遠くないよ？」

「どういうことなんでしょうか……」

サラシャが呟いて、沈黙《ちんもく》だけが残る。

ミュールが、「まだ続きがあるわ」と言った。

「『絶望に囚《とら》われた仲間が、ひとり、またひとりと奈落へと身を投げた。仕方ない、残った者たちだけで掘り続けるしかない。しかし、不思議なことに気づく。どれだけ仲間が死のうとも、採掘員の数はひとりも減らなかったのだ』……」

ミュールはごくりと喉《のど》を鳴らした。

どうしようもなく、声が震《ふる》える。

「……『私はそれを見逃《みのが》していた。奈落へ落ちていったはずの仲間が、いつの間にか舞《ま》い戻《もど》り、採掘員の列に並んでいたのだ。しかしそれはもはや、私の知る彼らではなかった。魂《たましい》を失った体を動かしているのは……彼らを支配した《死の恐怖《きょうふ》》そのものとでも言おうか。点呼の際に返事をしないことから、私は彼らを見分けることができた』」

──このあたりで読むのをやめておくべきだろうか。

誰もがそう思った。しかし、文章《センテンス》はもう残り少ないらしい。

ミュールはひと息に読み上げる。

「『点呼の返事は日に日に少なくなり、ついに採掘百九十九日目にして誰ひとり返事をしなくなった。もはやまともな人間は私だけだ。彼らは次に私を迎《むか》え入れようとするだろう。私はそれに抗《あらが》うことができない。なぜなら私は、もうとっくに絶望してしまっている』」

桃色《ももいろ》の唇《くちびる》が震える。

『どこにも逃《に》げられない』」

ミュールは、深く息を吐《は》いてレポートを置いた。

メリダはそんな彼女を抱《だ》き寄せてやる。ミュールの左右の腕《うで》が背中に回されてきた。

「出ましょう」

メリダはミュールの背中を撫《な》で、エリーゼとサラシャにも目配せをする。

「こんなところに長居は無用よ」

そのときだった。

部屋の外から奇声《きせい》が轟《とどろ》いてきたのだ。メリダたちはびくっ、と扉を振り返る。

「なっ……なに？」

――フリージアが言っていた。夜界では足が竦《すく》んで動けなくなってしまう者もいると。

その気持ちを今は痛いほど理解することができた。こんな小部屋になんか入らず、足を動かし続けていればよかったかもしれない。かすかな後悔《こうかい》を胸に横切らせながら、メリダはおそるおそる扉へとにじり寄り、隙間から慎重《しんちょう》に顔を覗《のぞ》かせた。

その先に何が見えたかと言えば……。

嗚呼《ああ》、これが夢であったなら！　先の広大な空洞におびただしい幽霊《ゆうれい》じみた影《かげ》が飛び回っているのである。人間のようなシルエットに見えるが、まとっている服はぼろぼろで全員がフードを被《かぶ》り、その奥は黒い靄《もや》がかかっていて見通すことができない。

あれはなんだろうか。

ランカンスロープ？

なお悪いことに、そいつらはメリダたちの存在に気がついているようなのである。渦《うず》を巻くように空中を舞いながら、先頭の者から詰め所の扉に押し寄せんとしている。

ことここに至り、メリダは扉を大きく開け放った。

「逃げるわよ!!」

全身から黄金色の焔《マナ》を解き放つ。謎《なぞ》の幽霊たちは壮絶《そうぜつ》な雄叫《おたけ》びを上げた。

頭が割れてしまいそうになるほど甲高《かんだか》い声だ……！

ミュール、エリーゼ、サラシャの三人がランタンを掲《かか》げて詰め所から飛び出した。狭《せま》い橋から足を踏み外すか、それとも謎の幽霊に呪《のろ》い殺されるか――どちらがまともか考える余地もなく、一列になって一心不乱に橋を駆《か》け抜ける。

謎の幽霊たちは津波《つなみ》のごとく、彼女らの頭上を覆《おお》いながら追いかけてくる。

「ジャバウォック!?」

メリダは自分の問いかけを自分で否定した。似ているのは《黒い》ことぐらいだ。

それならと、最後尾《さいこうび》で靴《くつ》を滑らせながら体を捻《ねじ》り、腰《こし》に据《す》えたまぼろしの刀を、握《にぎ》る。

「《幻刀二鑑《げんとうにかがみ》……――――」

マナが爆裂《ばくれつ》。

「《嵐牙《らんが》》‼」

右手を盛大《せいだい》に振り抜き、続けざまに逆手に握った左の鞘《さや》を、振り上げる。刀と鞘、どちらもメリダの空想の産物だ。しかし、その狙《ねら》い通りに収斂《しゅうれん》されたマナの刃《やいば》が翔《と》び、空気を孕《はら》んで巨大化《きょだい》した一撃目《いちげき》が幽霊の群れにぶち当たる。

次いで、時間差で激突《げきとつ》した二撃目――

黄金色の十字架《じゅうじか》から輝《かがや》きが炸裂《さくれつ》し、津波に似たシルエットを弾《はじ》けさせた。しかし、巨大な群れのほんの一角に過ぎない。すぐさま後続の波が、仲間の背を突《つ》き飛ばして追いすがってくる。これではきりがない！

二秒、三秒、時間を稼《かせ》げたかどうかだ。メリダはすぐ身を翻《ひるがえ》す。

友人たちは橋を渡り終えた先で立ち往生していた。

「どうしたの⁉」

エリーゼたち三人はランタンを忙《せわ》しなく右往左往させている。

「道が分かれていて……っ」

「逃げられればどこだっていいわ！」

「それが、そうもいかないんです」

サラシャが、険しい顔つきで分かれ道のひとつを指差す。

道は三つに分かれていた。左側は極端《きょくたん》な下り道で、ほとんど崖《がけ》のようだ。そして右側は反対に上り坂で、しかし道がところどころ崩れて途切《とぎ》れている。もし完全な行き止まりに突き当たってしまったらいよいよ逃げ場所がない。

ならば、正面に見える平らな道がもっとも無難なのではないだろうか？

しかし、それこそが罠《わな》だった。サラシャが震えながら指差している理由がそれである。平らな道の柱の陰《かげ》に、隠《かく》れているつもりなのだろうか、幽霊たちの姿が見え隠れしているのである。獲物《えもの》が通り過ぎようとした瞬間《しゅんかん》に喉もとへがぶり、という魂胆《こんたん》だろう。

急坂の左か、崩れかかった右か、どちらかを選ばなければならない。

……それさえも罠だったら？

メリダは果敢《かかん》に一歩を踏《ふ》み出した。

正面の道へと。

「……あれぐらいの数だったら、わたしたちなら力ずくで突破《とっぱ》できるわ。行くわよ！」

エリーゼ、ミュール、サラシャも覚悟《かくご》を決めて頷《うなず》き、各々《おのおの》がこぶしに力を込《こ》めた。

ごうっ、と三色の焔《マナ》が噴《ふ》き上がる。

聖騎士《パラディン》の白銀、魔騎士《ディアボロス》の漆黒《しっこく》、そして竜騎士《ドラグーン》の桜花《おうか》だ――

メリダは全身から黄金色の火の粉を散らし、先んじて床《ゆか》を蹴飛《けと》ばそうとした。

そのときである。

「――そっちの道はダメ！」

メリダはたたらを踏んだ。

寸前で待ったをかけられたのである。思わず目を白黒させた。

姉妹《しまい》たち四人の誰《だれ》でもない、聞いたことのない声だったのだ。

「こっち！　こっちだよ！　坂を上ってきて！」

確かに、右側の上り坂の向こうから誰かが手を振っているのが見えた。しかもひとりではない。暗くてよく見えないが、小柄《こがら》なシルエットが少なくとも四、五人……。

あどけない声である。

メリダたち四人は顔を見合わせた。これも幽霊の罠？

しかし、次いで毅然《きぜん》とした声が鞭《むち》を打つように降ってきた。

「なにぼうっとしているの⁉　早く！」

メリダたち四人は弾かれたように駆け出した。右側の上り道へと。当然のことながら亡《ぼう》霊《れい》の群れはもう、すぐ後ろである。さらに耳をつんざくような絶叫《ぜっきょう》が響《ひび》いた。正面の道で待ち伏《ぶ》せていた幽霊たちまでもが、捕《と》らえ損《そこ》ねたウサギを追いかけてきたのだ。

上り坂の先で、小柄なシルエットたちはひと足早く身を翻した。

どこへ導こうというのだろうか⁉　このままではウサギどころか、袋《ふくろ》のネズミである。

メリダたちは息せき切って坂を上り終えた。

しかし、その先には誰の姿もなかった。

案の定、これ以上は道が崩《くず》れて進めなくなっている……。

「どこへ行けばいいの⁉」

「こっち！」

謎の声はまだメリダたちを見捨てていなかった。左側からの呼びかけである。そこには太い柱が立っており、根もとが崩れてわずかな穴を開けているのだ。

穴の中は空洞《くうどう》になっていて、そこから声の主たちは手招きをしていた。

亀裂《きれつ》は、子供ならどうにか潜《くぐ》り抜《ぬ》けられる大きさである……。

メリダは友人たちの背を押した。先頭のサラシャ、次にエリーゼ、ミュールが続いて、最後にメリダが穴の内側へと顔を引っ込めたとき、亡霊の影が目前を横切る。

姿を見られただろうか。

翻る金髪《きんぱつ》はさぞ目を引いたに違《ちが》いない……。

幽霊たちは、獲物のいない踊《おど》り場《ば》を丹念《たんねん》にうろついていた。苦しそうな息遣《いきづか》いが漏《も》れている。危《あや》ういところで穴に飛び込んだメリダは、傍《かたわ》らのミュールと固く手を握り合う。

その背中に声が掛《か》けられた。

「大丈夫《だいじょうぶ》だよ。あいつら、この《秘密の階段》にはめったに気づかないんだ」

それは男の子の声である。続いて、女の子のたどたどしい声が続いた。

「見えても、見えないふりするみたいなの」

「こうやって手を振《ふ》っても平気さ――」

「ばかっ、危ないからやめろって」

暗闇《くらやみ》が途端《とたん》ににぎやかになる。メリダたち四人は息を落ち着けるので精いっぱいだ。

少女の声がぴしゃりと、子供たちのおしゃべりを止めた。

「みんな、気を抜かないで。家に帰るよ」

小さな影たちは非常に聞き分けがよかった。そう言われれば粛々《しゅくしゅく》と足並みを揃《そろ》えて動き出すのである。どうもこの柱は内部が螺旋《らせん》階段になっているようで、ひたすら上へ上へと続いているのだ。子供にしか許されないぐらいの窮屈《きゅうくつ》さだが。

メリダたち四人はその最後尾から、とにかくあとを追いかけるしかなかった。

エリーゼ、サラシャ、ミュールの三人は当然ながら疑問符《ぎもんふ》を浮《う》かべている。

「あの子たちはいったい誰なの……？」

ここは人間界《フランドール》から遠く離《はな》れた夜界である。

ランカンスロープの支配する地だ。味方などいるはずがないのだが……。

その謎の子供たちは、慣れた足取りで窮屈な階段を上ってゆき、先んじて姿を消した。

メリダたちが慌《あわ》てて追いかけると、階段の途中にドアが拵《こしら》えられているのに気づく。

半端《はんぱ》に開かれたままのそれを、押し開ける。

すると、水の音――

その向こうは、先ほどの巨大空洞《くうどう》とは打って変わった明るい空間だった。そして広い。

見れば天井《てんじよう》付近にいくつもの採光筒《つつ》があり、ネメシスによる蒼《あお》い光を降り注がせている。

プールのような水場と、ゆったりと回る水車があった。清らかな湿《しめ》り気《け》を感じる。給水場だろうか……この設備はまだ生きているのだ。

そして、メリダたちの予想通りに。

そこには人間の子供たちが待ち構えていた。全部で……九人。

薄汚《うすよご》れた恰好《かっこう》ではあるが、彼らの瞳《ひとみ》は活力に満ちていた。

「ほらっ、言ったとおりだろ。お客さまだ！」

「お姉ちゃんたちきれい～」

「ぼくたちが連れてきたんだぞ！」

なんとも賑《にぎ》やかである。年齢《ねんれい》はほとんどが十歳未満だろうか。男の子と女の子が半々。髪《かみ》の色も瞳の色も違い、顔立ちも似ていないためきょうだいではないようだ。

グループの年長は、メリダたちよりもやや年下と思《おぼ》しき、女の子である。

古ぼけたライフルを背負っている……。

ほかの八人と違い、年長の彼女だけは厳しいまなざしでメリダたちを睨《にら》んでいた。

サラシャにミュールなどは、目を白黒させるしかない。

「あ、あなたたち、どうしてこんなところにいるの……？」

メリダは、強張《こわば》っていた口を苦労して動かした。

「きっと、居たくて居るんじゃないと思う」

親友たち三人が視線を向けてくる。

小さな子供たちは自然とおしゃべりをやめた。

ただひとり、じっと無言のまま睨みつけてくる年長の女の子を――

メリダは眉《まゆ》をひそめて見つめ返し、意を決して言った。

「あなたたちは、フランドールに戻《もど》れなくなってしまった、夜界の難民なのね」

LESSON：Ⅴ ～闇黒《あんこく》の社会秩序《ちつじょ》～

ライフルを背負った年長の女の子は、ささくれた態度で言い返してくる。

「ああそうさ、本当はあんたたちのことなんか助けている余裕《よゆう》はないんだ。みんな、今日を生きるので精いっぱい！」

「………………」

敵意に似たそのまなざしを受け止めることができず、メリダは目を伏《ふ》せる。

様々な理由で夜界《やかい》に取り残された人間は確かに存在する――

メリダの師であるクーファ然《しか》り、新たに絆《きずな》を結んだフリージア然りだ。

クーファたち、夜界出身者には共通するものがある。

言動の端々《はしばし》に色濃《いろこ》く感じる、《影《かげ》》……。

それは彼らの壮絶《そうぜつ》な過去を匂《にお》わせ、メリダは居たたまれなくなってしまうのである。

ライフルを背負った女の子は、高圧的に腕《うで》を組んだ。

「あんたたちは、貴族？」

「……ええ」

「ひと目で分かったよ。お綺麗《きれい》で、上品で、あたしたちとは根っこから違うもの」

よく言えば大人びた、悪く言えばひどくすり切れた態度である。

ミュールがたまらず言い返そうとした。それをサラシャとメリダがそっ、と抑《おさ》える。

メリダは軽く左右を見渡《みわた》して、会話を繋《つな》げようとした。

「ここにいるのはあなたたちだけなの？　大人のひとは？」

「いたけど、みんな死んじゃった」

そう答えたのは、集団のなかの男の子である。

さすがに神妙《しんみよう》な口調だけれど、特に淋《さび》しそうでもないのが、メリダには悲しかった。

エリーゼもかすかに眉をひそめる。

「……さっきの幽霊《ゆうれい》たちに襲《おそ》われたの？」

「ちがうよ。あいつらは追いかけてくるけど、ケガさせたりはしないんだ」

「でも、捕《つか》まったらおわりだって、おとなは言ってた」

ほかの子供たちも付け加えてくれるが、いまいち話が見えてこない。

メリダが顔を向けると、年長の女の子はぶっきらぼうに教えてくれた。

「——あいつらは《名乗らぬ者》。ここに遺《のこ》されてた採掘員《さいくつ》の手記にそう書いてあった。

ランカンスロープじゃない。『死にゆく人間の感じた恐怖《きようふ》そのものの姿』だって」

「死の恐怖……」

年長の女の子は、左右の手のひらで胸《むな》もとを押さえた。

「あいつらは確かにケガさせたりはしないよ。でもね、《怖《こわ》い》んだ……。あいつらの姿を間近で目にしちまうと、どんなに立派な大人だって怖くて怖くて仕方なくなる。生きることが怖い――こんな思いをするぐらいなら死んだほうがマシだって気持ちになって、自分から命を投げ出しちゃうんだ」

まぶたを伏せて、目もとに影が落ちる。

「みんなそれでいなくなっちゃった。あたしたちを置いて……」

サラシャはたまらず口もとを押さえていた。

「そ、そんな危険なところに暮らしているんですかっ？　もっと安全な場所に……」

「安全な場所⁉」

年長の女の子は、飢《う》えた野良猫《のらねこ》のように食って掛かった。

激しく腕を振って周囲を示す。

「どこに安全な場所があるの⁉　教えてよ！」

「……っ」

「言っただろ、あいつらはケガをさせてきたりはしないって」

彼女は、年頃《としごろ》の少女らしからぬ態度で吐《は》き捨てる。

「ここの設備は生きてる。水はある。表に《名乗らぬ者》はうようよしているけど、ランカンスロープだってあいつらを怖がってこの鉱山には近寄らない。……すぐに食い殺されるよりは何倍もマシさ」

メリダはどうしようもなく悲しい気持ちになった。

ライフルを背負った少女は、自分たちよりわずかに年下、学院の後輩《こうはい》ぐらいの年頃だろう。愛らしい後輩《いもうと》のティーチカを思い出してしまう。彼女とて、夜界の寒風にさらされ続ければ、あの笑顔《えがお》を曇《くも》らせてしまうのだろうか……。

メリダたちが何も言えずにいると、集団のなかから男の子がひとり、歩み出る。

「ネイン姉ちゃん」

と、年長の少女に呼びかけた。それが彼女の名前らしい。

「姉ちゃん、なんで怒《おこ》ってるんだよ。このひとたち、みんなを助けにきてくれたんだぜ！」

「えっ？」

とメリダたちが問い返す暇《ひま》もなく、八人の子供がにわかに活気づく。

身振《みぶ》り手振りを交えて、皆《みな》が大興奮だ。

「このひとたちマナ能力者だよ！　フランドールの騎士《きし》さまだ！」

「手から炎《ほのお》をばーん！　って出して、《名乗らぬ者》をふっとばしてた！」

「ぼくたちをフランドールに連れていってくれるの⁉」

「そうさ！　あったかいメシをたらふく食えるぞ！」

いっそう歓声《かんせい》の膨《ふく》れ上がるなか、メリダは慌てて左右の手のひらをかざした。

「ちょ、ちょっと待って、みんなっ。わたしたちは……っ」

期待させてしまうのもさもありなん、である。

夜界に取り残されていた難民のもとに、光《マナ》をかざした騎士たちが現れたのだ。その目的は難民の救出だと誰《だれ》もが考えるだろう。子供たちは早くも、命を脅《おびや》かされることのない、フランドールでの新たな暮らしに胸を躍《おど》らせているに違《ちが》いない。

が、そうではないのである……。

メリダたちも今は燈火騎兵団《ギルド・フェルニクス》から追われている立場で、この鉱山へは偶然辿《ぐうぜんたど》り着いただけだ。帰り道どころか、自分たちが夜界のどこにいるのかさえも定《さだ》かではない。クーファたち大人からもはぐれてしまい、途方に暮れているところなのである。

彼らをフランドールへ連れてゆける根拠《こんきょ》など、あるはずもない。

——と、いうメリダたちの後ろめたさを、子供らは敏感《びんかん》に感じたのだろうか。

途端におしゃべりが止《や》む。

全員が、表情をなくしてこちらを見つめてくる……。

ひとりの女の子が、言った。

「……ちがうの？」

メリダはごくりと、苦労してつばを呑《の》み込んだ。

居直って、左右の腰《こし》に手のひらを当てる。

もうやけっぱちだという気分で、断言するのだ。

「──もちろん、みんなを助けにきたの！　わたしたちが来たからにはもう安心よ！」

そうして一拍《いっぱく》のあと、給水場には子供たちの大歓声《だいかんせい》が響《ひび》き渡《わた》るのだった。

† † †

年長の女の子、ネインは憤懣《ふんまん》やるかたなしといった態度である。

「まったくいい加減なこと言ってくれたわね！」

メリダたち四人を自室へ引っ張り込むなり、開口一番に文句だ。

しっかりとドアを閉めてから、公爵《こうしやく》家令嬢《れいじよう》たちへと詰《つ》め寄ってゆく。

「どうしてくれるの？」

ドアを指差す。正しくは、その向こうで旅支度《たびじたく》を始めている浮《う》かれ気分の子供たちを。

「あんたたちだって遭難者《そうなんしゃ》なんだろ？　その恰好を見れば分かる。あの子たちをフランドールまで連れていける保証なんかあるはずがない！　なのにみんな、すっかり助かった気になっちゃってる。どうしてくれるの？」

「なんとかするわ」

メリダはどうにかそれだけ答えた。

それから、三人の親友たちへと目配せをする。

「どのみち放《ほう》ってはおけないし」

「そうね」

ミュールも肩《かた》をすくめながら同意した。

「わたしたちの目指す場所は変わらないわ。ティンダーリアの遺跡《いせき》まで辿り着けば、クーファせんせやお兄さまやお姉さま、黒天機兵団《ギルド・オーダイン》の力を借りられる。そこでわたしたちの目的を果たしてから……みんなで一緒《いっしょ》にフランドールへ帰ればいいだけよ」

そのときには──時間旅行を成功させられさえすれば、フランドールのひた隠《かく》しにしている歴史の真実を知ることができる。その情報を交渉《こうしょう》の切り札にすれば、もう騎兵団《ギルド》から追われる怖《おそ》れもない。皆で、大手を振《ふ》ってふるさとに戻れるというわけだ。

ネインは呆《あき》れた様子で吐き捨てる。

「そう上手《うま》くいけばいいけど」

身を翻《ひるがえ》し、戸棚《とだな》を物色して旅支度を始めた。

給水場から連なる周辺設備は、昔の採掘員の居住区画であったらしい。年長のネインはひとりでひと部屋を使っているようだ。大人用のベッドに、使い古された毛布。木製のテーブルには、ライフル用の実弾《じつだん》が数個……。

エリーゼが興味本位で手を伸《の》ばすと、ネインは目敏《めざと》く振り返ってくる。

「それには触《さわ》らないで。最後の弾《たま》なんだ」

エリーゼはぴくっ、と手を引っ込めて、ネインを見つめ返した。

「……ランカンスロープには効かないわ」

「でも、人間には効く」

ネインは弾丸をひとまとめに摑《つか》むと、ポケットへと突《つ》っ込んだ。

「子供たちのぶんとあたしのぶんで、ちょうど九発。本当にどうしようもなくなったら使うんだ。それでみんな楽になれる」

メリダはその意味を悟《さと》って、この上もなく悲しい気持ちになった。

ネインは身《み》の丈《たけ》に合わないライフルを背負っている。旅支度と言っても、持っていくものはナップザックひとつ。特にこの鉱山に思い入れや未練はないようだ。

サラシャが小さく憂慮《ゆうりょ》のため息をついて、ランタンを掲《かか》げた。

「灯《あか》りは、どうしましょう？」

「あっ」

とメリダも気づかされた。

そうだった……メリダたちは、ネクタルの匂いを嗅《か》ぎ分ける厄介《やっかい》な魔物《まもの》・ジャバウォックに追いかけられているのである。マナ能力者の公爵家令嬢四人だけならともかく、九人も子供たちを連れて歩いていては逃《に》げ切れないかもしれない。

かと言って、闇黒《あんこく》の夜界では明かりは必須《ひっす》である。

つくづく厄介なジャバウォック……。

何より、彼らを率いているのはランカンスロープの最強種族・ヴァンパイアなのだ。カルナネイブルでの襲撃《しゅうげき》からキャラバンでの逃走《とうそう》、そしてこの鉱山へと、二度も逃げ切れたのは奇跡《きせき》的である。次に目を付けられたら一巻の終わりだと考えたほうがよいだろう。

ひとり、事情を知らないネインが眉《まゆ》を上げた。

「よく分かんないけど、ネクタルが駄目《だめ》ならこっちを使えば？」

と言って掲げてみせるのは、《鳥籠《とりかご》》である。

ランタンと大きさは変わらない。柵《さく》の内側に詰められているのは蒼《あお》い小石である。

石は、それ自体がほのかに光を放っていた……メリダたちはその正体に気づく。

「これって、ネメシス⁉」

「そう。この鉱山でたまに拾えるんだ。質は悪いけど」

それでも、真《ま》っ暗闇《くらやみ》のなかで行く手を照らすには充分《じゅうぶん》である。

ネインはその籠をぶっきらぼうに突き出してきた。

「《名乗らぬ者》にネクタルの光は効かないし、なんか、かえってランカンスロープをおびき寄せちゃいそうでイヤなんだよね。だからあたしらはいつもこっちを使うの」

メリダは左手を籠の底に添《そ》えつつ、吊《つ》り手《て》を握《にぎ》って受け取った。

それから笑う。

「ありがとう、ネイン」

「えっ……」

「さっき、《名乗らぬ者》に追いかけられてたわたしたちを助けにきてくれたでしょう？迷っていたわたしたちを『早く』って導いてくれたのはあなたよね？」

ネインは、はっ、となって、顔を背《そむ》けた。

「……あたしらが困るからこうしてるだけ」

そのまま足早に部屋を出ていってしまう。メリダたちも慌《あわ》てて追いかけた。

「姉ちゃんたち、おそいっ！」

給水場では、八人の子供たちがすっかり待ちくたびれていた。各々《おのおの》、自分のささやかな宝物をナップザックに詰め込んでいるようで、見ていて微笑《ほほえ》ましい気持ちになる。

ネインはきびきびと呼びかけた。

「みんな、水筒《すいとう》にお水は入れた？」

「はーい！」

「おなかすいた」

ひとりが言って、くう、と鳴るお腹《なか》を押さえた。

ネインが、ややバツが悪そうにメリダたちを窺《うかが》ってくる。

「……悪いけど、あんたたちに分けられる食料はないから」

メリダは苦笑《くしょう》して、バックパックを体の前へと回した。

蓋《ふた》を開き、銀紙に包まれた携帯食《けいたいしょく》を摘《つ》まみ上げるのである。

「みんな、チョコレート食べる？」

「「チョコ――――っっ!?」」

大喜びで目を輝《かがや》かせる、子供たちだ。

一枚の板チョコレートはみんなで分け合えば小さなものだけれど、誰もがそのひとかけらの幸せをちびちびと噛《か》み締《し》めていた。

そのひとりひとりの笑顔《えがお》を眺《なが》めてから、メリダは三人の親友へと振り返る。

「賑《にぎ》やかになったわね？」

エリーゼたちも笑顔で応《こた》える。

「《旅行》はこうでなくっちゃ」

給水場は、かつての採掘《さいくつ》員の交流所でもあったらしく、壁《かべ》にはこの鉱山全体の地図が埋《う》め込まれていた。子供たちは迷路《めいろ》に似たこの坑道《こうどう》を熟知しているらしい。

皆が地図を見上げて活発に意見を交《か》わしている。

「貴族の姉ちゃんたちが入ってきたところに、城はあった？」

「城？」

メリダが首を傾《かし》げると、ネインが補足をしてくれる。

「山を切り崩《くず》して要塞《ようさい》が築かれてるの。もしそばを通ればかなり目立ったと思うけど」

「なかったと思うわ」

言いながらエリーゼたちと顔を見合わせると、彼女らも頷《うなず》いて応える。

森のなかから逃げ出してきた四人は切り立った崖《がけ》に門を見つけ、一か八かで飛び込んだのである。近くに目立つような建造物は……暗闇といえども、なかったはずだ。

「じゃあそれはきっと、《西のトンネル》だな」

男の子のひとりが言って、地図を指差した。人差し指を上下左右へと動かす。

「いくつか出入り口があるよ。螺旋《らせん》階段を上って山頂に出れば、山道を通って北へと抜《ぬ》けられる。東の大門からだとその先はずっと森みたい」

メリダはポケットから星間羅針盤《らしんばん》を取り出した。

「東の大門って、どっちの方向にあるかしら？」

すると、子供たちはいっせいに一方向の壁を指差した。

メリダは同じ向きへと、手のひらに載《の》せたコンパスをかざす。

目線の高さまで持ち上げて……。

頷いた。三人の親友たちも盤面を覗《のぞ》き込んで、目配せをし合う。

ティンダーリアの遺跡の方角を示す黄色い針は、おおよそ東を指していた――

「決まったわ」

メリダはコンパスを仕舞《しま》い、告げる。

「みんな、東の大門まで案内してくれるかしら？」

「オーケイ、まかせてよ！」

血気さかんな男の子たちが、ネメシスのランタンを取り合いながら我先にと駆《か》け出す。

ネインがそんな彼らを窘《たしな》めつつあとに続き、その賑やかさに苦笑するメリダたち四人だ。

するとちいさな女の子が、何やらもじもじしながらメリダを見上げてきた。

メリダは、軽く屈《かが》んで小首を傾《かし》げる。

「どうしたの？」

女の子は、にへらととろけるような笑みを浮かべ、手のひらを見せつけてくる。

「手、つなぐー！」

メリダもつられて笑顔になりながら、彼女の小さな指を、きゅっと握る。

「はいっ。繋《つな》ぎましょう？」

心細い逃走劇だったはずが、いつの間にか大人数になったものだ――

そうして旅の一行は、ひとときの憩《いこ》いの場である給水場をあとにするのである。

頼《たの》もしいことに、難民の子供たちはこの鉱山のことならなんでも詳《くわ》しいようだった。

《名乗らぬ者》も知らない安全な抜け道、崩れる怖れのない広大な広間……。

道すがら、おしゃべりをする余裕《よゆう》さえあった。

「みんなは、いつからここに暮らしていたの？」

メリダが聞くと、子供たちは口々に答えてくる。

「ずっとだよー！」

「わたしも生まれたときから」

「……ぼくは鉱山に安全な住処《すみか》があるって聞いて、去年に兄ちゃんと」

兄ちゃんは死んじゃったけど、と男の子は付け足して、皆《みな》がしばし黙《だま》り込む。

ネインが口を出して、場をとりなしてくれた。

「ここは昔っから、避《ひ》難民《なんみん》たちの王国だったんじゃないかって言われてるんだ」

「王国？」

「昔はこの広い坑道の隅《すみ》から隅まで人間が支配して、ランカンスロープの手が及《およ》ばない集落だったって。だけどいつしか奈落《ならく》の底から《名乗らぬ者》たちが這《は》い出してきて、人間が少しずつ減るかわりに奴《やつ》らが増えていって……今じゃ、安全なのはあの給水場の周りだけで、あたしらが最後の生き残り」

そして順当に考えれば、遠からず《難民たちの王国》は滅《ほろ》びていただろう。

子供たちだけで生き延びるには、夜界の環境《かんきょう》は過酷《かこく》すぎる……。

メリダたちよりも年下のネインが、死を見据《みす》えるほどに。

メリダは嚙み締めるように呟《つぶや》いた。

「間に合ってよかった」

するとネインはあいかわらず意地を張って言い返してくるのだ。

「これから何もかもうまくいく保証なんて、どこにもないけどねっ」

「きっとうまくいくわ。みんなでフランドールに帰りましょう?」

辛抱強《しんぼうづよ》く呼びかけると、なぜか、ネインはナイーブそうに唇《くちびる》を噛む。

「……あたしらなんかが行っても、フランドールは受け入れてくれないんじゃないの?」

そこで助《たす》け舟《ぶね》を出してくれたのは、聡明《そうめい》なミュールだった。

「心配なくってよ。フランドールには法律が——ええと、夜界から逃げてきたひとを受け入れて、社会生活を送れるよう手助けしなければならないっていう決まりがあるの」

大半の子供たちは理解ができないようだったけれど、先頭でネメシスのランタンを振《ふ》りかざしていた男の子が、振り向いてにやりと笑った。

「うまい話には裏があるって聞くぜ」

まあっ、なんて現実的な子供だろうか!

とメリダなどは呆《あき》れるものの、思い当たる節があるのも事実である。

「……入市審査《しんさ》が厳しいみたい」

他《ほか》ならぬ、夜界からの避難民だったクーファから聞いた話である。

彼とその母親が命からがら辿《たど》り着いたとき、フランドールの入市管理局は相当受け入れに渋《しぶ》ったそうだ。それでも門前払《もんぜんばら》いされなかったのはその法律のおかげなのだろうが……

結局のところ、幼いクーファたちは下層居住区のなかでもとりわけ過酷なシャンガルタへと追いやられることになったのである。

首都から離《はな》れていようと、フランドールの領土内には違《ちが》いない、というわけだ。

……もしも、この子供たちが同じような境遇《きょうぐう》になったら？

メリダは二の句が継《つ》げなくなってしまった。

しかしそこで、代わりにフォローをしてくれたのが、なんとエリーゼである。

「だいじょぶ」

と、なぜか自信満々に頷いて、傍《かたわ》らを指差す。

彼女と手を繋いでいた、サラシャの顔を。

「このお姉ちゃんは、フランドールでいちばん偉《えら》いひとのひとりだから」

「ええっ⁉　わ、わたし⁉」

一躍《いちやく》子供たちの注目の的となってしまうサラシャ＝シクザール公である。

子供たちの反応はそれぞれだった。

「へぇーすごーい！」

「そうは見えない」

「あうぅ……っ」

好き勝手批評されて縮こまるサラシャだ。

メリダとミュールなどは顔を見合わせて呑気《のんき》に笑い合った。

「そうね」

心持ち足取りを軽くして、メリダはみんなへと言う。

「もしフランドールの役人にケチをつけられたらこう言ってやりなさい。『三大騎士公爵《きしこうしゃく》家が黙ってないわよ』って！」

広間に笑い声がこだまする。

そうして歩いているうちに、いよいよ坑道の出口が近づいてきたらしい。なんとも素晴《すば》らしいことに、《名乗らぬ者》の怖ろしい姿は一度として見かけることはなかった。

けれども、年長のネインは訝《いぶか》しげに眉《まゆ》をひそめる。

「おかしい」

ライフルのスリングを握《にぎ》る手が、少し硬《かた》くなっているのが分かった。

「こんなに連中が静かだったことなんてないよ。どうしてだろう……」

しかし、慎重《しんちょう》になっている子供は彼女だけのようだ。残りの八人が、男の子を筆頭に我先にと駆け出してゆく。もはや、最後の階段を上れば外はすぐそこなのだ。

「一番乗り！」

男の子たちばかりでなく、メリダも手を繋いでいる小さな女の子に引っ張られた。

「おねえちゃん、行こうっ？」

出会い初めのときはまだ彼らなりに遠慮《えんりょ》をしていたらしい。メリダは目を白黒させるばかりである。

ネインが危険を承知で大きな声を出した。

「みんな、待って！」

すると、男の子たちは後《うし》ろ髪《がみ》を引かれたように立ち止まる。

どうも、聞こえてさえいれば素直になってくれるらしい……。

ネインは声のトーンを落とした。

「みんなで行くの。みんなでよ？」

それから、メリダへと目配せをしてきた。

「……外は危険なんでしょ？」

公爵家の四人は表情を引き締《し》めた。メリダは女の子と手を離す。

ネクタルを温存しつつ、ネメシスのランタンを掲《かか》げる……。

階段の先に開かれていたのは、《大門》とは名ばかりの天然の洞穴《ほらあな》に見えた。

明かりで照らしてもそれほど先は見通せないけれど――

岩肌《いわはだ》が眼下へと続いている。このまま緩《ゆる》やかに山を下れば、子供たちの話どおり森に入るのだろう。星間羅針盤の針も、メリダたちの背を後押ししていた。

「大丈夫《だいじょうぶ》。ネクタルを点《つ》けなければジャバウォックには見つかりっこないわ」

自分に言い聞かせるようにして、メリダは果敢《かかん》に足を踏《ふ》み出した。三人の親友たちも、ネインを始めとした子供たちもついてくる。

空気が澄《す》んでいる――山肌を撫《な》でる清涼《せいりょう》な風だ。

胸に吸い込んだそれを原動力にして、メリダたちは足取りを速めた。

「早く森に入りましょう。ランカンスロープに見つからないように――」

「ランカンスロープなんていやしないよ」

誰《だれ》の声だったのだろう。

メリダはぎくりと足を止めざるを得なかった。それで正解だったらしい。行く手にオレンジ色の灯《あか》りがぽうっと咲《さ》き、その開花は左右へと連鎖《れんさ》的に広がって、またたく間に咲いたいくつもの灯りがメリダと子供たちを取り囲んだのだ。

それればかりではない。

剣《けん》がしゃらりと、光を撥《は》ね返しながら突《つ》き出されてきた。子供たちは身を竦《すく》ませる。

そのうちのひとつが、一本の剣とひと粒《つぶ》の灯りが包囲網《ほういもう》から歩み出てきた。

「ここいらの《野良》は狩《か》り尽《つ》くしてやったからね。ハハッ、夜界怖《おそ》れるに足らず！」

「その声は……っ」

というよりは、その豪快《ごうかい》な笑い方は、だが。

メリダは先んじて相手の正体が分かった。オレンジ色の灯りが高く掲げられる。暗闇《くらやみ》の向こうに浮《う》かび上がったのは、予想通り、性別不詳《ふしょう》の大柄《おおがら》なシルエット。大砲《たいほう》じみた拳《けん》銃《じゅう》と海賊《かいぞく》さながらの曲刀《サーベル》をぶら下げた、燈火騎兵団《ギルド・フェルニクス》の将軍であり――

「スコッチ＝シュナイゼン団長!?」

濃《こ》い化粧《けしょう》を施《ほどこ》した彼の顔が、ランタンの陰影《いんえい》によって不気味な笑《え》みを形作った。

† † †

「しばらくここで頭を冷やしているんだね！」

背中を突き飛ばされて、メリダはたたらを踏む。

メリダ、エリーゼ、サラシャ、ミュールの四人は、投獄《とうごく》されてしまった。東の大門を出た先には、ネインたちの言っていたとおり山を切り崩《くず》した要塞《ようさい》があり、シュナイゼン団長らの根城になっていたようなのである。

そこは鉱山内の設備とは違い、やはりすべてが岩塩と化していた。

牢《ろう》を閉《と》ざすまだら模様の格子《こうし》は、マナをもってすれば突破《とっぱ》できるだろうが……。

要塞にはシュナイゼン団長以下、何十人もの騎士《きし》が詰《つ》めているようなのである。フランドールからの追手だ。海上で撒《ま》いたかと思えば、彼らもまた夜界に上陸していたのだ。

シュナイゼン団長は格子越しに、得意満面で人差し指を立てた。

お尋《たず》ね者《もの》といえども公爵家令嬢。ほかの騎士はさすがに丁重《ていちょう》に扱《あつか》っているものの、あいにく団長にはその威光《いこう》も通じないらしい。看守の騎士はひやひやした様子だ。

「おまえたちの考えることなんざ、アルメディア議長はお見通しだよ。例の遺跡《いせき》を目指しているんだろう？　こうして網《あみ》を張っていれば引っ掛《か》かると思っていた！」

「……周到《しゅうとう》ですこと」

メリダはせめてもの皮肉を返す。

牢に入れられてしまったのは公爵家の四人だけだ。ネインら九人の子供は自由である。

彼らは当然のようにシュナイゼン団長へ食って掛かった。

「姉ちゃんたちになにするんだよ！」

看守に押さえられながらも、いっせいに雛鳥《ひなどり》のごとく文句を飛ばす。

子供たちの瞳《ひとみ》には、シュナイゼン団長が悪の親玉に映っていることだろう。

「なにも悪いことしてないぞ！」

「牢屋から出してあげて！」

「この男女！」

「女男だって」

「どっちだっていいよ。悪趣味《あくしゅみ》！」

シュナイゼン団長は大きく息を吸い込んだ。

「お黙《だま》り‼」

要塞じゅうに響《ひび》き渡《わた》るほどの声で、子供たちを震《ふる》え上がらせる。

怪獣《かいじゅう》のような身《み》振《ぶ》り手振りで、いたいけな九人をねめつけるのだ。

「言うこと聞かないやつは頭から食っちまうよ！」

可哀想《かわいそう》な子供たちは顔をさっ、と青ざめさせる。

果敢な男の子が言い返した。

「ほ、法律があるって聞いたぞ！」

「……フンッ」

シュナイゼン団長は面白《おもしろ》くなさそうに上体を引いた。

「流《る》浪民《ろうみん》保護法なんてものがなけりゃあ、こんな余計な拾い物をせずに済んだんだ。いいかい？　あんたたちはオマケだよ。おとなしく言うことを聞いていりゃあついでにフランドールまで連れていってやる。分かったかい？　返事！」

「……っ」

　子供たちはぶるぶると震えたまま答えられない。

　牢屋のなかから、メリダは柔《やわ》らかく声を掛けた。

「みんな、言うことを聞いてね？」

　それで渋々《しぶしぶ》、唇《くちびる》をすぼめて頷《うなず》く子供たちである。

　シュナイゼン団長があごで合図をし、看守の騎士が九人を階上へ連れていこうとする。

　その直前、シュナイゼン団長は「おっと」と手を伸《の》ばした。

「こいつは捨てておいてやる」

　ネインの大事なライフルを取り上げたのである。

　これにはさすがに、ネインも反発して手を伸ばした。

「返して！　父さんから預かったものなんだ！」

「おまえなんかにゃ過ぎたオモチャさ。いいかい？　流浪民保護法によれば！」

　と人差し指を突きつけて、身を乗り出してくるネインを押し留《とど》めた。

「難民が夜界から持ち込んだものは入市管理局が接収できることになっている。こんなもんで暴れられたらたまらないからね。ほら行きな！　あんたごと捨てられたいかい⁉」

「……っ」

　ネインは強く唇を噛《か》んでいた。

　メリダは牢屋越しに懸命《けんめい》なまなざしを送った。確かに団長の言い分ももっともだ……。

　シュナイゼンは看守の騎士へとライフルを投げ渡す。受け取った彼は子供たちの背中をきつめに促《うなが》し、遠ざかっていく足音……やがて彼らの姿は、階段の上へと消えた。

　思想や立場の違《ちが》いで対立していても、彼らも騎兵団《ギルド》。子供たちにとって悪いことにはならないと思うけれど……。

　どのみちメリダたちは、まず自分のことを気に掛けなければならなかった。

　シュナイゼン団長にはまだ言い足りないことがあるらしい。

　周囲の空の牢獄《ろうごく》を、左右の腕《うで》を広げて示してみせた。

「標的はおまえたちだけじゃない。シクザール家のお坊《ぼっ》ちゃまどもに、レイボルト財団のピエロ！　そしてあのいけすかない腹黒教師だ！　さあ、連中はどこにいるんだい？」

「……はぐれてしまったの」

「出まかせを言うんじゃないよ！」

　そんなことを言われても、メリダたちとて困っているのである。

シュナイゼン団長は盛大《せいだい》に鼻を鳴らして、きびすを返した。

「まあいいさ、どうせ近くに隠《かく》れているんだろう。こうしておまえたちを籠の鳥にしときゃあ、のこのこ現れるに違いないってね。そこをふん捕《づか》まえて――」

「おばさま」

メリダは格子に歩み寄って彼を呼び止めた。

シュナイゼン団長は自らを《純血思想の母《マム》》と称《しょう》している。性別不詳の人物ではあるものの、そのポリシーに従って女性扱いするのはメリダたちなりの敬意というわけだ。

立ち去りかけていた団長は立ち止まった。横顔だけを見せる。

メリダは真摯《しんし》に訴《うった》えかけた。

「要塞に焚《た》いている灯りを、今すぐに消してください」

「なんだって？」

「ランカンスロープに見つかってしまいます！」

シュナイゼン団長は体ごと振《ふ》り向いてきた。

もちろん、馬鹿《ばか》にしきった笑みを見せつけるためだ。

「ハッハァ……その手は食わないよ。暗闇に乗じて逃《に》げるつもりだろう？　夜界では決してネクタルの灯りを絶やしてはならない！　これは鉄則さ！」

メリダは格子を強く握《にぎ》った。

「ジャバウォックが迫《せま》っているんです！」

シュナイゼン団長は一瞬《いっしゅん》、怯《おび》えたような表情になった。

しかし、負けじと一歩前に足を踏み出す。

「……ジャバウォックは死に絶えた。伝説上の生き物さ！」

その直後である。

要塞の外から身の毛がよだつような奇声《きせい》。シュナイゼン団長は顔を跳《は》ね上げる。

「なんだい⁉」

巨体《きょたい》を揺《ゆ》らし、階段を駆《か》け上がってゆく。メリダたちを放《ほう》って。

外の様子が気になるのは囚《とら》われの四人とて同じだった。幸いなことにひとつだけ窓がある。やや高いが、壁《かべ》を蹴《け》りつけて体を持ち上げれば、かろうじて柵《さく》を摑《つか》むことができた。

要塞の外が見下ろせる。

しかし、目の当《ま》たりにしたのを後悔《こうかい》するほどの光景がそこにはあった。

山肌《やまはだ》をびっしりと埋《う》め尽くす黒い影《かげ》――

あれは《名乗らぬ者》だ！　おびただしい人数である。ある者たちは東の大門から転がり出て、またある者たちは山頂から波のごとく駆け降りてくる。彼らが目指しているのは間違いなくこの要塞だった。このままでは取り囲まれて逃げ場もなくなってしまう。

見張り台に立つ騎士たちは慄《おのの》いていた。

どこからか、シュナイゼン団長の声が壁を震わせながら響き渡る。

「敵襲《てきしゅう》!! てーきしゅうウゥゥゥ――――――――――ッ!!」

メリダは窓枠《まどわく》から手を離《はな》した。ほかの三人も代わる代わる外の様子を確かめる。

「どうしてあいつらが!?」

ありえない事態だということはすぐに分かった。

ほかのランカンスロープさえ、《名乗らぬ者》を怖れて鉱山には立ち入らない。ネインたちからも聞かされていたことだ。連中は鉱山を離れることはしないはずなのである。

その習性に背《そむ》き、なぜ縄張《なわば》りの外へと進出してきたのだろうか。

考えられる可能性と言えば……。

その答えかのように、空の彼方《かなた》から雄叫《おたけ》びが轟《とどろ》いてきた。

耳が痛くなるほどの金切り声だ！ 風を切り裂《さ》き、竜《りゅう》のごとき影が飛来する。全部で九頭。のっぺらぼうの顔面に漆黒《しっこく》の表皮、凶悪《きょうあく》な鉤爪《かぎづめ》……嗚呼《ああ》、なんたること！ カルナネイブルを滅《ほろ》ぼしたジャバウォックの群れが、続々と要塞へと集結しているのである。

先頭を翔《と》ぶ一頭の背に、人影《ひとかげ》がまたがっていた。

豆粒《まめつぶ》ほどの距離《きより》であるはずなのに、不気味と、目が合ったような気がする。

唇を動かしたようだ。

——さて。

と言ったように見える。続けて。

——貴様らの血をジャバウォックの餌《えさ》にしてやろう。

彼は、吸血鬼《ヴァンパイア》・セオドーアは片腕を上げた。人差し指で複雑に空気をかき混ぜる。まるで魔法使《まほうつか》いが呪文《じゅもん》を練っているかのようだ。あるいはオーケストラの指揮者——彼の扇動《せんどう》に突《つ》き動かされて、《名乗らぬ者》は声なき声を上げて要塞《ようさい》へと突っ込んできた。

要塞の騎士たちは急ぎ門前へと駆けつけ、高らかに焔《マナ》を噴《ふ》き上げる。

シュナイゼン団長は胸壁《きょうへき》の真ん中に陣取《じんど》って、曲刀を抜《ぬ》いた。

「迎《むか》え撃《う》てェ——————イイ!!」

騎士たちの抜剣《ばっけん》の音色。それが戦いの火蓋《ひぶた》を切り、まずはジャバウォックの一頭が火焔《かえん》の息を吐《は》き出した。城門へと激突してたやすく撃ち砕《くだ》く。《名乗らぬ者》の軍勢はその侵《しん》入口《にゅうぐち》へと殺到《さっとう》した。負けじと騎士たちは瓦礫《がれき》を踏《ふ》み越えて駆け出してゆく。

剣戟《けんげき》の音——

次いで、ジャバウォックたちが続々と要塞の上空へと飛来し、火焔の息を吹きつけながら飛び抜ける。塔《とう》は木《こ》っ端《ぱ》微《み》塵《じん》に砕け、岩塩の城は砂糖菓子《がし》のごとく削《けず》り落とされた。

牢屋のなかで、メリダは身を翻《ひるがえ》しつつ呼びかけた。

「サラ！」

すでに心得ていた様子の彼女は、桜色のマナを放って身構える。

「《ブリーズ・ブラスト》……！」

手のひらに風が渦《うず》巻《ま》き、それは質量を伴《ともな》って刃《やいば》のごとき輝《かがや》きを放つ。

メリダもその傍《かたわ》らに歩み出て、左右の手のひらを交差しつつ突き出した。

「《幻刀勾刃《げんとうこうじん》》！」

黄金色のマナが鋭《するど》く収斂《しゅうれん》され、刀を形作ったそれを逆手に握り込む。

ふたりで息を合わせ、同時に踏み込んだ。空気が払《はら》い除《の》けられ、埃《ほこり》が舞《ま》い上がる。

「「ハッ!!」」

メリダは眼前を薙《な》ぎ払い、サラシャは右腕を突き出した。まずは黄金色の斬撃《ざんげき》が牢の格《こう》子《し》を寸断し、次いで撃ち出されてきた桜色の穂先《ほさき》が前方をまとめてぶち抜く。

壮絶《そうぜつ》な破砕《はさい》音。

粉々に砕かれた岩塩の残骸《ざんがい》は、一方の壁に叩《たた》きつけられた。看守が戻《もど》ってくる気配などない。メリダたち四人は瓦礫を踏み越え、まんまと牢屋から脱出《だっしゅつ》した。

壁の向こうからは絶えず轟音《ごうおん》と、剣戟と、そして悲鳴が聞こえてくる……。

「こんなところにいられないわ」

メリダは暗がりのなか、親友たちの顔を見渡《みわた》した。

「みんなは出口を見つけて、すぐに脱出できるようにしておいて！」

エリーゼが心配そうに手を伸ばしてくる。

「リタは？」

メリダは彼女の指を握り、軽く力を込《こ》めたのちに、離した。

「ネインたちを放っておけないもの」

この戦いの行方《ゆくえ》がどうなるかなどメリダたちには分からない。しかし少なくとも、なんの罪もない子供たちが犠牲《ぎせい》になることはあってはならないだろう。

ともに戦場から離れるのである！　メリダたちは頷き合い、そして駆け出した。

階段を上ったところで二手に分かれる。脱出ルートは親友たちに任せ、メリダは当てもなくさらに階上へ。

牢屋は要塞の地下にあった。出入り口は一階のどこかだろう。であれば、子供たちの連れていかれた部屋は二階以上なのでは？　という、当てずっぽうの考えである。

すべての騎士《きし》が出払《ではら》っているらしい。要塞内は無人だ。

通路に吹き通しの窓があり、メリダは一度だけ足を止めた。

眼下を見下ろしてみる。

戦況《せんきょう》は目を覆《おお》いたくなるほどのものだ……。

すでに城門前は突破《とっぱ》されていた。《名乗らぬ者》たちが広場へとなだれ込んできている。片手にランタンを掲《かか》げ、武器を振り回している騎士たちは攻《せ》めあぐねていた。

ランカンスロープですらない敵に対して、騎士たちは攻めあぐねていた姿が見える——

なおも、上空を飛び抜けるジャバウォックがたわむれに火焔を吹きつけてゆくのだ。一頭が胸に力を溜《た》め、喉《のど》の奥を煮《に》え滾《たぎ》らせた。その狙《ねら》う先をメリダははっ、と察する。

一瞬の差だった。

メリダが窓際《まどぎわ》から飛び退《の》いて床《ゆか》へ転がったとき、ブレスの発射音。窓の外側が真っ赤に光り、絶望している暇《ひま》もなく壁が吹き飛ばされた。襲《おそ》い来る衝撃《しょうげき》。

メリダは頭を庇《かば》って懸命に耐《た》えた。

すると、自分のものではない悲鳴が聞こえる。

「きゃあああっ!!」

はっ、と頭を上げると、壁に開けられた大穴を挟《はさ》んで、通路の向こう側にうずくまっている人影が見えた。メリダはすぐに跳ね起きて駆け寄ってゆく。

「ネイン！」

少女の肩《かた》を揺すり、頰《ほお》に手を当てて顔を上向けさせる。

難民における年長の彼女は、恐怖《きょうふ》で表情を歪《ゆが》ませていた。

「こんなところで何をしているの！」

「ら、ライフルを……っ」

ネインはぶるぶると震《ふる》えていたものの、左右の手にライフルを握り締《し》めていた。

騎士たちが出払った隙《すき》に、没収《ぼっしゅう》されてしまったそれを取り戻しに出てきたのだろう。

「あたしがっ、み、みんなを守らなくちゃいけないんだ……っ！」

メリダは、腰《こし》が抜けているネインを強引《ごういん》に引っ張って立たせた。

「ほかのみんなはどこ？　わたしたちと一緒《いっしょ》に逃げましょう！」

そうして駆け出した矢先だ。

曲がり角の先から騎士が転がり込んできて、メリダたちはびくっ、と足を止められた。

騎士は必死に剣を振り回し、何に怯えているのだろう？

その恐怖の正体が、続いて、曲がり角から姿を現した。

《名乗らぬ者》――

黒い靄《もや》でできた体にぼろきれの服をまとった、死の具現化。騎士は何度となく剣で振り払うものの、虚《うつ》ろな肉体を抉《えぐ》られようと《名乗らぬ者》はものともしなかった。

メリダたちは息をするのも怖《おそ》れ、二歩、三歩とあとずさる。

《名乗らぬ者》は確かに、危害を加えようとはしていなかった。ただただ、獲物《えもの》の顔を覗《のぞ》き込む。間近で。瞳《ひとみ》の奥に何かを見出《みいだ》そうとするかのように、顔を近づけてゆく。

騎士はみるみるうちに顔を引きつらせた。

彼のほうこそ、相手の虚ろな顔に見てはならないものを見つけたかのようだった。

「ヒッ、ヒッ！　ヒッ、ヒィッ……‼」

騎士は再び剣を振り上げる。

その刀身を直《じか》に握り、手のひらから血を滴《したた》らせながら――

自分の喉へと向けた。

「ヒィエアアアアアアアア――――……ッッッ‼」

メリダは寸前でネインを胸に抱《だ》きしめた。彼女の顔をきつく腕《うで》で庇う。

迸《ほとばし》る血潮。

その光景はともかく、おぞましい絶命の音だけは聞こえてしまっただろう。ネインがすがりついてくる。メリダはいっそう力を込めて彼女を抱きしめた。

《名乗らぬ者》は、獲物が動かなくなってしまったからだろうか、しばし騎士の亡骸《なきがら》を眺《なが》めたのちに、ぐるりと首を回した。

メリダたちふたりのほうへと——

メリダはあとずさりながらネインの手を摑《つか》み、通路の反対側へと駆《か》け出した。

その行く手に、巨体《きょたい》が走り込んでくる。

「おまえたちッ、そこで何をやっている！」

「シュナイゼンおばさま！」

メリダたちはまたしても立ち止まらざるを得ない。

シュナイゼン団長はざっ、と周囲を見渡した。撃ち抜かれた壁《かべ》、囚《とら》われのはずの少女ふたり、その奥の壁にもたれかかる部下の亡骸と、虚ろに佇《たたず》む影……。

メリダたちを押し退けるようにして歩み出した。

「よくもおれの部下をやってくれたね！」

《名乗らぬ者》は、軟体《なんたい》じみた動きでシュナイゼンへと躍《おど》りかかる。

と言っても、武器を振《ふ》りかざすわけでもない。まばたきのあいだにシュナイゼンへと肉《にく》薄《はく》すると、先の騎士と同じようにじぃっと顔を覗き込んだのだ。

シュナイゼンはこぶしを固めて立ち止まる。

そして巨体を震わせた。

「カァ――――ッ‼」

《名乗らぬ者》のほうこそが慄《おのの》き、後方へと仰《の》け反る。

その隙にシュナイゼン団長は曲刀を振り上げると、《名乗らぬ者》の胴《どう》を深々と薙ぎ払った。ぼろきれが千切れ飛び、黒い瘴気《しょうき》が剣風《けんぷう》に吹き払われて、散る。

敵は跡形《あとかた》もなくなってしまった。

メリダたちが茫然《ぼうぜん》と見ている前で、シュナイゼンは壁に空いた穴から身を乗り出す。

「野郎《やろう》ども、よくお聞き！」

拡声器を使っているかのごとく、野太い女性言葉が要塞じゅうに響《ひび》き渡《わた》る。

「敵を生き物だと思うな！　身にまとっているぼろを破壊《はかい》するんだ‼　それで連中に実体を失わせ、無力化することができる！」

騎士たちの鬨《とき》の声が応《こた》えた。剣戟の音がいっそう白熱する。

しかし、シュナイゼンの号令は敵の注意をも引きつけてしまったようだ。

ジャバウォックの一頭が突撃してくる。シュナイゼン団長がとっさに跳《と》び退《しさ》った直後、のっぺらぼうの怪物《かいぶつ》が頭から突っ込んできた。壁の穴がさらに撃ち砕かれる。

怪物は瓦礫を踏みつけて喉を鳴らし、左右の翼《つばさ》を広げて威嚇《いかく》した。

狙われているのはシュナイゼン団長だ！　メリダはネインを庇いつつ、声を上げる。

「気をつけてください、おばさま！　そいつは本物のジャバウォックです！」

「そいつぁおれが判断する！」

シュナイゼン団長は左手で拳銃《けんじゅう》を突《つ》きつけた。

大口径からジャイアントな弾丸《だんがん》がぶっ放される。想像を絶する轟音と火焰《かえん》。

ジャバウォックの首を射貫《いぬ》いた――

かのように見えて、怪物は緩《ゆる》やかに頭を揺《ゆ》らしただけで、耐えた。水面《みなも》に小石を投げ込んだかのごとく、弾丸は敵の表皮にわずかな波紋《はもん》を広げただけだったのである。

牙《きば》の生え並んだ口が、嗤《わら》っているようにさえ見えた。

シュナイゼン団長は唇《くちびる》をひん曲げる。

「どうやら伝説は本当のようだね！」

ならばと彼は、左手の拳銃と右手の曲刀を、捨てた。

どうするつもりなのかとメリダが見ていれば、シュナイゼンは自らが怪獣《かいじゅう》のごとく、左右の腕を振り上げてジャバウォックへと全身で躍りかかったのである。

「ウオオオオッ!!」

怪物の長い首に左右の腕で組みつくと、なんとそのまま、力任せに引き倒《たお》す。

メリダは背筋が寒くなった。彼はマナを使っていない……！

ジャバウォックは床でもがいていた。シュナイゼンは逃《のが》すまいと全体重を掛《か》ける。

「マナが通用しないなら肉体で勝負すれば良いだけさ！　どうだ、どうだ、どうだァ!!」

彼の腕の筋肉がはち切れんばかりに盛り上がり、怪物の首を限界まで絞《し》めつけた。ジャバウォックの喉から断続的かつ、濁《にご》った悲鳴が漏《も》れる。

その巨体が痙攣《けいれん》し、そしてわずかに弛緩《しかん》した。

それを見計らいシュナイゼンは跳《は》ね起きる。怪物の尻尾《しっぽ》を握《にぎ》ると、自分の体重の何倍もあるであろう敵を、投げ飛ばした。壁に叩きつける。休む間もなく、床へ投げつける。重苦しい震動《しんどう》とともに弾《はじ》け飛ぶ岩塩の欠片《かけら》。

とどめにシュナイゼンは、敵を担《かつ》ぎ上げた。

「ウ……オオオオオオオオオッ!!」

壁の大穴から投げ捨てる。ジャバウォックは翼を広げる気力もなく墜落《ついらく》し、城門前の広場へと叩きつけられた。そこにたむろしていた《名乗らぬ者》たちが押し潰《つぶ》される。

メリダとネインは唖然《あぜん》とするしかない……。

シュナイゼンは壁の穴から戦場を睥睨《へいげい》して、雄叫《おたけ》びを上げた。

「燈火騎兵団《ギルド・フェルニクス》を見くびるんじゃないよォォ!!」

羽ばたきの音——

さらに別のジャバウォックが、シュナイゼンの目前へと舞《ま》い降りていた。

戦うためにではない。

その背にまたがる人物を、運ぶためだ。

「そのギルド・ナントカとやらは蛮族《ばんぞく》なのかね？」

セオドーアは騎乗《きじょう》のままシュナイゼンの胸を蹴《け》りつけた。「むおッ⁉」とシュナイゼンは穴の前からどかせられる。

そうして空いたスペースに、セオドーアはひらりと、涼《すず》しい顔で降り立ってくるのだ。

メリダは全身を緊張《きんちょう》させ、片腕でネインをさらに下がらせた。

当然セオドーアのほうも、こちらには気づいているようである。

「やあ、レディ？」

「……！」

メリダはネインを促《うなが》し、少しずつあとずさった。

敵はやはりこちらに用があるのだ。

しかし、通路の反対側から野太い声が上がった。シュナイゼンが唇を曲げているのだ。

「ヴァンパイアだって……ッ？　薄気味《うすきみ》悪い亡霊《ぼうれい》たちをけしかけてるのはあんただね！」

「いかにも」

セオドーアはさして興味もなさそうに、わずかな動きだけで振り返る。

戦場らしからぬ、宮廷貴族《きゅうてい》のごとき所作だった。

「きみたちの篝火《かがりび》はとても役に立った。褒《ほ》めてつかわそう」

「フンッ！」

シュナイゼンは力いっぱい鼻息《ふ》を吹くと、床《ゆか》から曲刀と拳銃を拾い上げる。

体格は彼が大幅《おおはば》に上回る。通路の幅《はば》いっぱいに両手両足を広げた。

「おれは燈火騎兵団《ギルド・フェルニクス》団長のスコッチ＝シュナイゼン。おれが勝たねば、誰《だれ》が勝つ‼」

今度は腕の筋肉どころではない――

彼の全身が、ひと回り膨《ふく》れ上がったかのようにも見えた。そう錯覚《さっかく》させているのは彼のマナだ。握り締めたこぶしがみしり、と軋《きし》む。踏みしめた床に亀裂《きれつ》が広がる。

火山の噴火《ふんか》に等しい圧力が解き放たれた。メリダは戦慄《せんりつ》する。

プレッシャーだけならフェルグスやアルメディアにさえ匹敵《ひってき》するだろう……！

セオドーアもまた、「ほう」と唸《うな》って彼に体ごと向き直った。

シュナイゼンは愚直《ぐちょく》に曲刀を振り上げる。

「ぬェイ‼」

叩《たた》きつけられたそれを、セオドーアは受けた。驚《おどろ》くことに片腕でだ。

彼の二の腕から指先までを、アニマの冷気が包んでいる。シュナイゼンの刃《やいば》は確かに敵の皮膚《ひふ》に食《く》らいついてはいるものの、そこで阻《はば》まれていた。

しかしシュナイゼンは引かない。

そのままあらん限りの膂力《りょりょく》で、刃を押し込まんとする。

「ヌヌヌヌヌヌゥ……ッ!!」

彼の足もとで、いっそう深く床が砕《くだ》けた。

セオドーアの痩軀《そうく》はぴくりともしない。

しかし、刃ののこぎりに似た往復が、わずかばかり功を奏したのだろうか。

床に血が垂れた。

セオドーアの服の袖《そで》に染《し》みが滲《にじ》み、ぽたりと、鮮血《せんけつ》が落ちる。

彼は得心がいったように頷《うなず》いて、無造作に腕を払《はら》った。刃が弾かれてシュナイゼンはたたらを踏む。

「なるほど」

セオドーアは痛みを感じるそぶりもなく、血を流す自身の右腕を見下ろす。

「人間もそれなりに力を増したようだ」

「見くびるんじゃないよォォ!!」

「見くびってしまうとも」

セオドーアは左手で、右腕《みぎうで》の傷口を撫《な》でた。

それだけで、あっという間に傷が塞《ふさ》がってしまう。シュナイゼンはあごを落とした。

そんな彼をセオドーアは嘲笑《あざわら》う。

「これがきみの全力かね？」

「……フンヌァァァァ!!」

シュナイゼンは全身を使って剣《けん》を振るう。セオドーアの腕が煙《けむ》るようにして動いた。

刃と腕が激突するごとに、衝撃波《しょうげきは》が円環《えんかん》状に広がって突風《とっぷう》を生む。余波で壁が裂《さ》けた。

シュナイゼンは全身の筋力を刃に乗せ、さらにはマナを限界まで圧縮した一撃を、放つ。

それをセオドーアは払った。彼の右腕に等量以上のアニマが集中している。

激突音こそ重々しいものの、セオドーアの所作は優雅《ゆうが》とさえ言えた。

全身を躍らせるシュナイゼンに対して片手で応じる吸血鬼《ヴァンパイア》――

そのうちにセオドーアは、まともに取り合うことさえやめた。敵のほうを見もせずに、しかし的確に右腕を振る。ことごとく弾かれる刃。その手の甲《こう》にさえ押し負けて、シュナイゼンは大きく上体を揺らした。下がるまいと踏み止《とど》まり、もういちど大上段から叩きつける。

その一撃はセオドーアの二の腕に受け止められており――

たやすく跳ね上げられた。シュナイゼンは今度こそ体勢を崩《くず》し、隙《すき》をさらす。

セオドーアは軽《かろ》やかに懐《ふところ》へ踏み込んだ。

「百年後に出直してきたまえ」

アニマをまとわせた手のひらで、押す。

激烈《げきれつ》な打撃音。

シュナイゼンの胸部が撓《たわ》み、彼が苦悶《くもん》に表情を歪《ゆが》めたと思った直後に、吹き飛んだ。重厚な巨体《きょたい》が軽々と後ろへ飛んで、壁《かべ》に叩きつけられる。

否《いな》、埋まる。

跳ね返ることもなく、そのまま壁に深々と亀裂を広げて、止まった。シュナイゼンは床に倒れ込むことさえ許されず、力なく首《くび》を垂れた。

セオドーアは緩やかに手首を回しながら身を起こした。

「――ふむ、重いな。今ので粉々にならんとは」

そしていよいよ、彼が振《ふ》り返る。

そのときにはもう、メリダはネインを連れて身を翻《ひるがえ》していた。

行く当てもなく階段を駆《か》け上がる。

どこへ逃《に》げたらいいのだろうか!? つくづく、カルナネイブルで逃げおおせられたのは奇跡《きせき》だ。騎兵団《ギルド》の騎士《きし》たちは《名乗らぬ者》のあまりの数に半壊《はんかい》状態。さらにはマナの通じない厄介《やっかい》なジャバウォックがまだ八頭、要塞《ようさい》の上空を支配している。

スコッチ＝シュナイゼン団長さえ倒されてしまった……。

要塞の外に出る。

城壁《じょうへき》の上にやって来てしまったのだ。戦況《せんきょう》を見下ろせばやはり、惨憺《さんたん》たるありさまだった。広場は敵に埋め尽《つ》くされ、騎士たちは要塞の扉《とびら》を閉じて必死に抵抗《ていこう》しているようだ。あれでは逃げ道などあろうはずもない。一度エリーゼたちと合流するべきだろうか？

ネインが悲鳴を上げた。

《名乗らぬ者》たちが城壁をよじ登ってきたのだ。囲まれてしまった！

「伏《ふ》せていて！」

メリダはネインを突き飛ばしつつ、突き出した右手のひらにマナを集中させた。

黄金色の焔《ほのお》が揺らめきながら刀を形作る。メリダは思わず唇を噛《か》んだ。攻撃《アサルト》スキルの宣《せん》誓《せい》を疎《おろそ》かにしたせいで思念力が足りず、刃が薄《うす》い。

しかし敵は目の前に迫《せま》っていた。メリダは作り出したばかりのまぼろしの刀で、《名乗らぬ者》を薙《な》ぐ。一体目の服を切っ先に引っかけ、焼き払いながら二体目を突く。

シュナイゼン団長の助言を活《い》かし、相手を生き物と見なさずに服を狙《ねら》うのだ。確かにその内側は黒い靄《もや》。人間の形を与《あた》えているものさえ失ってしまえば、奴《やつ》らは自らの存在に迷うかのように、ひとりでに空中へと霧散《むさん》してゆく。

続けざまに三体目、四体目と斬《き》り払う。しかしきりがない数だ。

またしても悲鳴。

ネインが《名乗らぬ者》に狙われていた！　メリダはとっさに駆けつけようとするものの、その途中《とちゅう》に敵が立ちはだかりどうしても、一太刀《ひとたち》ごとに足が止まる。

先ほど犠牲《ぎせい》になった騎士と、同じような光景だった。

《名乗らぬ者》は手を出すでもなく、ネインの顔をじぃっと見つめる。

それだけでネインの心を真っ黒に染め上げた。

「と、父さん……母さんっ……‼」

瞳孔《どうこう》が開き過呼吸を起こす。

《名乗らぬ者》の黒い靄の奥に、何を見出《みいだ》してしまったのだろう。

彼女の手もとにはライフルがあった。

両腕が跳ね上がり、銃口《じゅうこう》を自分の胸に押し当てる。

もうその瞳《ひとみ》はどこを見てもいなかった。指が小刻みに震《ふる》えながら、引き金を引っかく。

「あた、しも……そっちに……――」

指の腹が、ひたと、引き金に据《す》えられる。

寸前でメリダは間に合った。駆け寄りざまにライフルを彼女の手から蹴飛《けと》ばし、そのまま踏《ふ》み込んで《名乗らぬ者》を斬り伏せる。

刀身にぼろの衣裳《いしょう》がまとわりついて、わずらわしいとばかりに振り上げる。

広がる火焔《かえん》――

衣裳の切れ端《はし》が火の粉を散らし、メリダのマナとともに花吹雪《はなふぶき》のごとく周囲を埋《う》めた。

ネインの瞳に光が戻《もど》る。

メリダは振り返り、彼女の胸《むな》ぐらを強く引き寄せた。

「しっかりして!!」

「……っ」

「いい？　死んだって楽になんかなれないわ。死んだらそこで終わりなだけ。楽になりたければ――幸せになりたければ――」

襟《えり》を離《はな》し、代わりに彼女の手を握《にぎ》る。

強く。いつか自分がそうしてもらったときのように、強く。

「生きるしかないの！　生きて!!」

手を離して身を起こし、あらためて振り返る。

《名乗らぬ者》たちはまだふたりを取り囲んでいた。

しかし怖《おそ》れるものか。自らのうちにあるそれこそが敵だとメリダは気づいていた。左右の手のひらを地面へとかざし、今度こそ歯切れよく宣言する。

「《幻刀勾刃《げんとうこうじん》・双単《ふたひとえ》》――」

左右対称《さゆうたいしょう》に力強く焔が渦巻《うずま》き、ふた振りの刀となって手のひらに収まった。

《名乗らぬ者》たちは警戒心《けいかいしん》を露《あら》わにしてにじり寄ってくる。メリダは鋭《するど》く踏み込み、左右の二刀を振るいながら踊《おど》るようなステップを踏んだ。風のように疾《はや》い。斬り裂かれたほろきれが螺旋《らせん》状に散り、燃え尽きて火の粉を撒《ま》く。

三度の踏み込みで六体を斬り飛ばし、充分《じゅうぶん》なスペースを確保して腰《こし》を落とす。

敵は左右に等分――

「《幻刀四神《げんとうししん》……》」

爆発《ばくはつ》する火焔。

同時に二刀を振り抜《ぬ》く。

「《雪月嵐牙《せつげつらんが》》‼」

マナの刀が裂け、微小《びしょう》な刃となって飛んだ。剣風が一気に膨れ上がり、まさしく嵐《あらし》のような規模で周囲の敵を薙《な》ぎ払う。メリダはまぼろしの刀を切り返した。

左手で存在しない鞘《さや》を握り、右手に握った空想の刀を、落とす。

凜《りん》、と鳴る鯉口《こいぐち》。

敵の姿が八方に吹き飛び、城壁から追い落とされた。ぼろの衣裳はすでに切り刻まれており、墜落《ついらく》の途中《とちゅう》で実体を失い、宙へと散ってゆく。

メリダは、はあっ、と荒《あら》い息を吐《は》いた。

休んでいる暇《ひま》もない――

すぐに羽ばたきの音が迫ってきた。はっ、と見上げれば、一頭のジャバウォックが上空から舞《ま》い降りてくるところだった。

避《よ》ける判断が一瞬《いっしゅん》だけ間に合わなかった。

ジャバウォックはそのまま足の鉤爪《かぎづめ》でメリダを捉《とら》えたのだ。胸壁《きょうへき》へと叩《たた》きつけられて、「かはっ！」と息が詰《つ》まる。万力をもって全身を締《し》め付けられた。

こいつにはマナも通じない……！

かと言ってメリダの体力では怪物《かいぶつ》の巨体を撥《は》ね退《の》けることなど不可能だった。それを見《み》越《こ》したかのように、要塞の屋内から何者かが歩み出てくる。

他《ほか》でもない、セオドーアだ。

まるで焦《あせ》ったようなそぶりもなかった。

「おまえがメリダ＝アンジェルだな？」

「……っ！」

「わが公が、おまえだけは生きていてはならぬと仰《おお》せだ。謹《つつし》んで受けるがよい」

メリダは息をするのも苦しかったけれど、顔には出さずに彼を睨《にら》みつけた。

「あいにくですけれど、吸血鬼《ヴァンパイア》の王さまなんて存じ上げませんわ」

「おまえはわが公を知らぬが――」

セオドーアはお見通しとばかりに、最小限だけ表情を動かす。

「わが公はおまえをご存じだ」

「誰《だれ》なの……いったい……っ」

「生きたまま連れてこいとは言われておらぬ。お前の死さえ、見届けられればよいのだ」

それが合図かのように、ジャバウォックは締め付ける力を強めた。メリダはたまらず苦悶に美貌《びぼう》を歪ませる。左右の腕の骨が、みしり、と悲鳴を上げた。

銃声――

周囲の惨劇《さんげき》に比べれば、あまりに軽い発砲《はっぽう》音が響《ひび》いた。メリダはそれに気づく。セオドーアも、初めてその存在に気を留めたかのように、顔を向けた。

ネインがライフルを構えている。

歯を食いしばりながら銃口を突《つ》き出し、もういちど引き金を引く。

発砲音に次いで、ジャバウォックの側頭部に弾丸《だんがん》が跳《は》ねた。

もちろん、怪物は意にも介《かい》さない。セオドーアはせせら笑った。

「そのような豆粒《まめつぶ》ではね、レディ。誰も救うことなどできない」

その声を上塗《うわぬ》りするかのように、ネインは三発目、四発目と引き金を引く。

歯をがちがちと鳴らして、両目から涙《なみだ》が溢《あふ》れていた。

「放せ……放せっ……!!」

五発目、六発目と、なんの手応《てごた》えもなく怪物の体表で跳ねる。

さらに無意味な七発目と八発目が撃《う》たれたとき、セオドーアは酷薄《こくはく》に笑った。

残弾数を見越したのだ。

「すべての弾《たま》を失ったら、まずおまえから殺してやろう」

「……っ!!」

「死にざまを選ばせてやる。恐怖《きょうふ》に支配されて《名乗らぬ者》の仲間入りか？　ジャバウォックに生きたまま食われるか？　それとも私自ら、心臓を抉《えぐ》り出してやろうか……その人差し指を動かすまでに考えておくがよい」

ネインは固く目をつむった。

銃口が小刻みに揺《ゆ》れる。

人差し指が痙攣《けいれん》し、それでも渾身《こんしん》の気力で押し込まれて——

セオドーアの唇《くちびる》が裂《さ》けるように吊《つ》り上がる。


銃声。


ジャバウォックの頭が、吹《ふ》き飛んだ。セオドーアは弾《はじ》かれたように身構える。

「なにッ⁉」

見間違《みまちが》いなどではなかった。ジャバウォックの首から上が粉々に砕《くだ》け、そのまま横倒《よこだお》しになる。メリダは解放された。しかし突然《とつぜん》、何が起こったのかが分からない。

ネインもライフルを構えたまま唖然《あぜん》としていた。

銃口から硝煙《しょうえん》がたなびいている。彼女は確かに撃ったのだ。しかし脅威《きょうい》のジャバウォックには、古びたライフルはおろか、マナを用いた攻撃も一切《いっさい》通用はしないはずだ。

そんな彼らに対抗《たいこう》する力を持つとすれば——

メリダははっ、と身を起こし、胸壁から身を乗り出した。

《名乗らぬ者》に攻め落とされかかる要塞《ようさい》……。

その向こう。遠い岩肌《いわはだ》に光が見えた。

人工の明かり。

キャラバンのヘッドライト。

その屋根の上から、こちらを狙い澄《す》ます狙撃手《スナイパー》の姿を、メリダは確かに見た。

いつか彼女は言った。

『わたしが使っている力は、騎兵団《ギルド》の戦士たちとは違う、真逆の力』

『憎《にっく》きランカンスロープたちの使う、呪《のろ》われた夜の力……』

二射目——

そのマズルフラッシュが見えたとき、セオドーアは「チィッ！」と唸《うな》って腕《うで》を振《ふ》り上げた。寸分も狂《くる》わず、彼の眉間《みけん》を狙《ねら》っていた銃弾《じゅうだん》は手の甲《こう》で打ち払《はら》われる。

彼を苛立《いらだ》たせる出来事はそれだけに留《とど》まらなかった。

光が増す。

ヘッドライトの隣《となり》に、さらにふたつ三つ、四つに五つ。計六台のキャラバンが進み出てきた。メリダは泣きたくなるほどの心境で、顔を輝《かがや》かせる。

「あぁっ……！」

そのうちの一台の屋上に、彼女も見つけたのだ。

世界でいちばん愛《いと》しい、家庭教師の姿を！


彼は言う。


「ご覧ください」

屋根の上で準備万端《ばんたん》、黒刀《こくとう》を握り。

「お嬢《じょう》さまがおひとりでいらっしゃいます」

「ならば助けに行こうか」

ほかのキャラバンもすでに臨戦態勢。それぞれの屋根には戦士の姿だ。

セルジュは笑う。

「サラシャもきっと淋《さび》しがっているだろうからね」

同じ車上にはクシャナの姿もあった。手にした槍《やり》を突き上げる。

ナイト・キャラバンを駆《か》る黒天機兵団《ギルド・オーダイン》の機士たちへと。

「皆《みな》の者——反撃《はんげき》だ!!」

鬨《とき》の声が響く。同時にキャラバンの背部が蒸気を噴《ふ》き上げた。

タイヤが猛烈《もうれつ》に回転し、岩肌を踏み越《こ》えて走る。多少のバウンドなどものともしなかった。先頭車両の運転席では、クローバー社長が勢いよくハンドルを回している。

「ホウ、ホウ、ホォ――――ウ！　黒天機兵団《ギルド・オーダイン》の力を見せるときデェ――――スッ！」

車上の機士たちはバズーカを思わせる筒《つつ》を握っていた。

その武器は管に繋《つな》がれており、巨大《きょだい》なタンクへと集約されている。

その意味するところは……。

先頭車両がいよいよ要塞に到達《とうたつ》し、そのまま開け放たれた門へと突っ込んだ。広場にひしめいていた亡霊《ぼうれい》を車体で薙ぎ払いつつ、ブレーキをかけて後輪を滑《すべ》らせる。

間髪《かんはつ》を容《い》れずに、その窓から、屋根の上から、機士たちが砲口《ほうこう》を突き出した。

タンクが唸り、管を逆流した液体が砲口からぶちまけられて――

発火。

火炎《かえん》放射器による一斉掃射《いっせいそうしゃ》が、広場を真っ赤に染め上げた。《名乗らぬ者》たちは逃《に》げる間もなく呑《の》み込まれて、衣裳《いしょう》が焼かれるとともに蒸発して消える。後続のキャラバンもブレーキを待たずに炎《ほのお》を放った。広場を疾走《しっそう》しながら亡霊たちを薙ぎ倒《たお》し、同時に手当たり次第《しだい》に火の手を広げて敵陣《てきじん》を染め上げてゆく。

上空で七頭のジャバウォックが怒《いか》りの咆哮《ほうこう》を上げた。

一台の車上で、フリージアがライフルを突き上げて威嚇《いかく》射撃を放つ。

その彼女の左右から、一組の男女が歩み出た。

クシャナとセルジュである。クシャナは肉厚の唇を震《ふる》わせた。

「あれを墜《お》とすのは私たちの役目だ」

「竜《りゅう》を駆る騎士《きし》……ドラグーンの本分を見せてやろうじゃないか」

セルジュが笑《え》みで応え、跳《と》ぶ。

キャラバンの屋根が強烈《きょうれつ》に蹴飛《けと》ばされ、ふたりの姿が一瞬にして上空へ舞い上がった。

ジャバウォックたちの高度をたやすく上回ると、彼らは両足にマナの翼《つばさ》を広げる。

クシャナは右手に槍を振りかぶり、その柄《え》に左手を添《そ》えた。

右目が激烈《げきれつ》かつ、不気味に光る。

「竜を蝕《むしば》む呪《のろ》い、その身で味わうがいい!!」

全身から真っ黒い影《かげ》が噴き上がる。

彼らの魂《たましい》に根差した、ルー・ガルー化の悪《あ》しき呪いだ。夜の勢力に半身を委《ゆだ》ね、クシャナは忌《い》まわしいその力を穂先《ほさき》に集中した。影が生き物のごとくうねり柄にまとわりつく。

槍が放たれた。

投擲《とうてき》されたそれは一頭のジャバウォックの脳天を射貫《いぬ》き、垂直に突き抜《ぬ》けた。ぐらりと体勢を崩《くず》したそいつの背に、クシャナは舞い降りる。無造作に右手の指を捻《ひね》る。

影に鞭《むち》のごとく引き寄せられて、彼女の槍は旋回《せんかい》しつつ飛び上がった。

急速に戻《もど》ってきたその柄を、クシャナは見もせずに捉える。

突き出した左の手のひらに、闇《やみ》が輝きながら凝縮《ぎょうしゅく》される。

クシャナは嗤《わら》った。

「マナが効かぬのだろう？」

ジャバウォックの背を蹴《け》り、さらに跳ぶ。代わりに踏《ふ》みつけられた一頭は、いよいよ力を失って墜落《ついらく》した。城壁《じょうへき》に叩《たた》きつけられて瓦礫《がれき》が舞《ま》い飛ぶ。

その衝撃《しょうげき》を間近で浴びてしまったセオドーアは、とっさに顔を庇《かば》っていた。

「バカな」

呟《つぶや》いたその鼻先を、もうひとつの影が飛び抜ける。

隻腕《せきわん》のセルジュだ。一度に三頭のジャバウォックに取り囲まれてしまっている。

右腕を広げて風を集めながら、彼は油断なく敵を見据《みす》えていた。

「僕から狙うつもりか。賢《かしこ》いね」

唇が吊り上がる。

「だが愚《おろ》かだ」

彼もまた影を解き放った。

左肩《ひだりかた》を中心に密度を増す。すると、渦巻《うずま》いた影が失われたはずの左腕を再現した。さらにその手のひらには、同じく影でかたどった槍が握《にぎ》られる。

実在の右手には、彼の愛槍《あいそう》。

二槍流だ――

「もっと苦しんで死ぬことになるよ‼」

高らかに吼《ほ》えながら、セルジュは右手の槍を突き出した。その衝撃波から前方のジャバウォックは避《よ》ける。

避けた先に左腕の影が回り込んだ。吸い込まれるかのごとく右の翼を貫く。

ジャバウォックは奇声《きせい》を轟《とどろ》かせた。

翼を破きながら左へ急旋回する。そこをセルジュは右手で狙った。怪物《かいぶつ》の首筋に穂先が食い込む。ジャバウォックはがむしゃらにもがいて刃《やいば》から逃《のが》れた。するとセルジュの影による槍は先端《せんたん》が九つに分かれ、雨のごとく熾烈《しれつ》に降り注いだ。

逃げる隙間《すきま》もなくめった刺《ざ》しにする。

怪物の全身が鮮血《せんけつ》を噴《ふ》き、そののっぺらぼうの顔面に強烈な一撃。

右手の槍を、セルジュは敵を足蹴《あしげ》にしつつ引き抜く。

「《こいつ》は少々荒《あら》っぽくてね」

影の左腕そのものが分離《ぶんり》した。翼のごとく大きく広がって、慄《おのの》いていた残りのジャバウォックたちを搦《から》め捕《と》る。

怪物たちがもがいているあいだに、さらにもうひとつ、地上から飛び上がってくる姿。

クーファだ。

「空の戦場ではさすがに後《おく》れを取りますが――」

一頭のジャバウォックを踏みつけて、黒刀を振りかざす。

「オレにもお手伝いを」

敵の首筋に、すらりと切っ先を埋《う》め込んだ。

おぞましい切れ味……！　ジャバウォックはなめらかに絶命した。さらにクーファは己《おのれ》の筋力だけで刀を振り抜き、のっぺらぼうの頭部を高々と斬《き》り飛ばした。

マナが通用しないのであれば、マナを使わなければよいのだ。

セルジュは感慨《かんがい》深そうにクーファを見つめる。

「またこうしてきみと肩を並べる日が来ようなんてね」

「……剣《けん》を向け合っているよりはよほど健全でしょう」

クーファはそっけなく答えて、さらに跳ぶ。セルジュもシニカルに笑って、交差するように跳んだ。彼らの残像が十字に交錯《こうさく》する。

前触《まえぶ》れもなく、一頭のジャバウォックの頭が吹き飛んだ。

地上のフリージアが精密な射撃を行っては、ボルトハンドルを往復させている。弾《はじ》け飛ぶ薬莢《やっきょう》。それが地面で乾《かわ》いた音を立てるごとに、敵は次々と空から墜落した。

もはや空の支配者はジャバウォックではなく、彼らを狩《か》る騎士たちだった。

セオドーアはその光景にかぶりを振る。

「ありえん」

そうしているあいだにも伝説のジャバウォックはまた一頭、もう一頭、最後の一頭まで姿を減らす。眼下がにわかに明るいと思えば、要塞を埋め尽《つ》くしていたはずの《名乗らぬ者》はあらかた焼却《しょうきゃく》されてしまっていた。わずかな残党も炎に薙《な》ぎ払われる。

城壁に陣取《じんど》ってこそいるものの、彼はもはや独りだった。

「このようなことが……！」

その後方で、メリダは仕掛《しか》けるタイミングを見計らっていた。

はっ、と気づかされる。

いつの間にか、また城壁に《名乗らぬ者》たちが這《は》い上ってきていたのだ。しかし彼らの関心はメリダでもネインでもないようだ。セオドーアはまだそれに気づいていない。

メリダは軽く腰《こし》を浮《う》かせて、無発声で攻撃《アサルト》スキルを発動させた。

右の手のひらでマナが収斂《しゅうれん》し、刀をかたどる。

セオドーアの背を目掛《めが》けて、矢のごとく踏み込んだ。

それを彼は寸前で察知し、突き出されてきた刃から身を躱《かわ》す。

切っ先がかすかに白い頰《ほお》をかすめるに留《とど》まった。

しかしそれで充分《じゅうぶん》――

驚愕《きょうがく》の様子で振《ふ》り返るセオドーアを、メリダはにやりと笑って見上げる。

「死ぬかと思った？」

「なんだと？」

セオドーアは精いっぱい、鼻でせせら笑う。

「何を言う。夜界の支配者たるこのヴァンパイアを――」

それでもメリダがじい、と見つめていると、彼はすぐに白状した。

「……そうだ。背筋がひやりとした」

瞳《ひとみ》の奥に、なにがしかの感情が揺《ゆ》らめく。

「死ねば逃れられるかと……――」

途端《とたん》、反応したのはメリダではなかった。

いつの間にか彼を取り囲んでいた《名乗らぬ者》たちだ。合図を得たかのようにセオドドーアへとにじり寄ってゆく。彼はようやっと己の過《あやま》ちに気づいた。

「違《ちが》うッ、今のは……！」

《名乗らぬ者》たちは聞く耳を持たなかった。水に飢《う》えるかのごとくセオドーアへとすがりついてゆく。それを彼は必死に振り払《はら》おうとした。しかし相手に実体はない。

またたく間に黒い靄《もや》に呑み込まれてしまう。セオドーアは走り出した。

《名乗らぬ者》たちのぼろきれを引きずりながら、どことも知れず駆ける。

どこへ向かっているのか自分でも分かっていないだろう。

ただ逃げているのだ。

死の恐怖《きょうふ》から──

「違う！　違う！　違う!!　私は屈《くっ》してなどおらぬ！　死など怖《おそ》れぬ！」

城壁を乗り越《こ》えて屋根へと転がり落ちる。

何度も足を滑らせながら四《よ》つん這《ば》いになって逃げる。

行き止まりの塔《とう》にへばりつき、爪《つめ》を割りながらも這い上がると……。

その向こう側へと、身を投げた。

そちらは崖《がけ》だ──

《名乗らぬ者》たちがあとを追う。

やがて、この世のものとは思えぬ絶叫《ぜっきょう》が響《ひび》き渡《わた》り、闇の底に吸い込まれて、消えた。

メリダはその末路を胸壁《きょうへき》から眺《なが》めて、何度となく息を吐《は》く。

剣戟はすでに止《や》んだ。

城門前の広場は六台のキャラバンが制圧し、もはや敵の姿はなかった。ジャバウォックはすべてが致命傷《ちめいしょう》を負い、要塞《ようさい》のあちこちに横たわっている。

要塞内に籠《こも》っていた騎士たちが、おそるおそる扉《とびら》から顔を覗《のぞ》かせた。

少しずつ開かれていたそれが、一気に開け放たれる。

驚《おどろ》く騎士《きし》たちをよそに飛び出してゆくのは、三人の公爵《こうしゃく》家令嬢《れいじょう》たちだ。

涙《なみだ》ながらに左右の腕《うで》を広げるのは、サラシャ。

「兄さんっ！」

セルジュは今度こそ満面の笑《え》みで応《こた》え、片腕で妹を抱《だ》き留める。

ミュールとエリーゼも、クシャナやフリージアとの再会を喜んでいた。

「お姉さまがた、よくぞご無事で……！」

クシャナは誇《ほこ》らしそうに笑う。

「おまえたちこそよく耐《た》えたな。さすがは私の妹たちだ」

エリーゼはかすかに感情を顔に出しつつ、フリージアと繋《つな》いだ手を上下に振っていた。

「フィズ御姉《おねえ》さま……っ」

フリージアは照れくさそうに笑っている。

「皆《みな》がキャラバンの爆発《ばくはつ》音に気づき、わたしを見つけてくださったのであります」

さらにもうひとり、城壁を見上げてくる人物にメリダは気づいた。

……クーファだ。

彼の目配せの意味に、メリダはすぐに気づくことができた。欄干《らんかん》から手を離《はな》す。

すると同時に、要塞《ようさい》のなかから大柄《おおがら》な人影《ひとかげ》がまろび出てきた。

スコッチ＝シュナイゼン団長である。額に乾いた血がこびりついていた。

「こいつぁ、いったい……!?」

彼は目敏《めざと》くメリダを見つけた。太い指を突きつけてくる。

「おいおまえ！　まさか逃《に》げるつもりじゃないだろうね！」

「ええその通りですわ、おばさま。わたしたち、お暇《いとま》いたしますっ」

「なんだってぇ……!?」

メリダはことさらお上品ぶって、優雅《ゆうが》な笑《え》みを向けてやる。

「子供たちのこと、お願いしますね？　まさか騎兵団《ギルド》団長ともあろう御方《おかた》が、法律を破ってわたしたちを追いかけてくるなんてこと、なさらないでしょう？」

「グヌヌヌヌヌ……ッ」

「騎士公爵家がしっかりと目を光らせていますから！」

目もとに人差し指を当ててから、軽《かろ》やかに身を翻《ひるがえ》す。

その前に、裾《すそ》にすがりついてくる手のひらがあった。

ネインである。

いつになくまなざしが揺らいでいた。

「も、もう行ってしまうの……っ？」

メリダは膝《ひざ》をついて目線を合わせ、彼女の手のひらを握ってやる。

「どうしたの？　もう怖《こわ》いことは何もないわ。おばさまたちがあなたたちを守って、フランドールまで連れていってくれる。そうしたら、新しい暮らしが待ってるんだから」

「でも」

ネインはかぶりを振って、うなだれた。

澱《よど》んでいた心を吐露《とろ》する。

「あたし、怖いんだっ。あたしたちみたいな夜界のはぐれ者が、フランドールで受け入れてもらえっこない！　あたしじゃあの子たちを守れないかもしれない……っ！」

握《にぎ》る手に痛いぐらいの力が込《こ》められる。

メリダは彼女の肩《かた》に手のひらを添《そ》えて、そっと撫《な》でた。

「……わたしも怖いわ。前はもっと怖かった。《無能才女》だなんて呼ばれて。お父さまもお母さまもそばにはいなくって。でも今は、それほど怖くはないの」

「……それはどうして？」

ネインが瞳に涙を溜《た》めて、見上げてくる。

――たとえばメリダの家庭教師であれば、ここで直截《ちょくせつ》に答えを教えたりするだろうか？

メリダは想像して、くすりと、唇《くちびる》を緩《ゆる》めるに留めた。

「それは次に会ったときに教えてあげる。フランドールでまた会いましょう！」

今度こそメリダは立ち上がった。指先を名残惜《なごりお》しく滑《すべ》らせて、手を離す。

もうひとつ元気な声が響いた。

「貴族のお姉ちゃん！」

見れば、残りの八人の子供たちも城壁《じょうへき》へと姿を現していた。さすがにこの騒《さわ》ぎでじっとしてはいられなかったらしい。

メリダは彼らに向けても笑い、むんっ、と。力こぶを叩《たた》くポーズをした。

子供たちも真似《まね》をして力こぶを作り、二の腕を叩く。

メリダは心から笑って、駆《か》け出した。彼らの声援《せいえん》を背に受けながら、階段を下りる。

浮き足立っている騎士たちのあいだを縫《ぬ》って、扉から外へと出る。
広場には黒天機兵団《ギルド・オーダイン》の操《あやつ》る、六台のキャラバンが勢揃《せいぞろ》いしていた。
三人の親友たちと、セルジュとクシャナにフリージアも、彼女を待っていた。
そして、出迎《でむか》えに一歩、歩み出てくる青年。
恋《こ》い焦《こ》がれた想《おも》い人——
「先生っ！」
メリダは迷わず、彼の胸へと飛び込む。
クーファは怪盗《かいとう》のように、小さなお嬢さまを抱きすくめた。

† † †

いまだ火の手の燻《くすぶ》る要塞。負傷者の把握《はあく》さえままならないシュナイゼン団長以下、浮き足立つ騎兵団《ギルド》の騎士たちを尻目《しりめ》にして——
六台のキャラバンはクラクションを鳴らし、要塞から走り出してゆくのである。

クシャナ＝シクザール

位階：ドラグーン

		MP	782		
HP	5897	防御力	524	敏捷力	782
攻撃力	636(763)	防御支援	ー		
攻撃支援	0〜33%				
思念圧力	50%				

主なスキル／アビリティ

飛翔Lv.9／エアリアルエッジLv.9／エアリアルフォースLv.9／刹鬼覚醒Lv.X／ニードル・ブレイザー／ルナサイド・ライジング／エアレイド《凪竜》

CATALOG.03　永久機関

永久機関とはすなわち、すべてのエネルギー問題を解決する発明のことである。これはネクタルの採掘量に悩まされるフランドールにとって重要な課題であり、さかんに研究が行われてきたものの、ほとんどの学者は「実現不可能である」との結論を出していた。

《対消滅》なる未知のテクノロジーによって完成に一歩近づいたかと思われるこの装置だが、その制御系統にはまだ多くの課題が残されているという。

（非売品）

LESSON：Ⅵ　～未来はすべて彼方《かなた》～

そこは円形闘技場《コロシアム》に似ていた。

外壁《がいへき》がぐるりと円を描《えが》く、天へと延びる塔だ。しかし悲しいかな、その塔はなかばで崩《くず》れていた。まるで床《ゆか》に落ちたホールケーキのよう……一部分がごっそりと崩落《ほうらく》し、内部が露《あら》わになっている。途方《とほう》もないスケールで転がる、その瓦礫《がれき》。

クーファたち旅の一行は、これ幸いとその崩落区画へとキャラバンを乗り入れた。

黒天機兵団《ギルド・オーダイン》の者たちが手際《てぎわ》よく下車し、各キャラバンに合図を送っている。どうも邪魔《じゃま》になってしまうだろうか？　クーファや四人の公爵家令嬢、それにセルジュらシクザール家ゆかりの騎士たちは、先んじてキャラバンを降りて離れた。

メリダたちはランタンを持ち上げ、興味深げに塔を見上げる。

正しくは在りし日の残骸《ざんがい》を――

「ここがティンダーリアの遺跡《いせき》……っ」

ほわあ、と。圧倒《あっとう》されたように口を開ける四人姉妹《しまい》だ。

クーファも自前の星間羅針盤《らしんばん》を取り出して確かめる。間違いなく、ここが旅の目的地であるティンダーリアの遺跡……先の鉱山からは半日ほどの距離《きょり》である。

もっとも、ナイト・キャラバンの走破力があってこそだが。

エリーゼが当然の疑問を零《こぼ》す。

「むかしのひとは、なんでこの塔を作ったんだろ？」

何せ直径が凄《すさ》まじい。

小さな街ひとつ、収まるぐらいの規模ではないか……しかもそれが何階層ぶんも。今でこそ見る影《かげ》もなく崩落してしまっているものの、遥《はる》かな昔、この塔はどれほどの威容《いよう》を誇っていたのだろう？　遠くからでもその姿が眺められたに違《ちが》いない……。

クーファが思索《しさく》にふけっていると、セルジュが歩み出てくる。

「残念ながら資料という資料はほとんど残っていなかったよ。しかし、かつてはここに大勢のひとが暮らしていたらしい。上層階には憩《いこ》いの場らしきものも見つかった」

するとミュールがわずかに声を弾《はず》ませて。

「わたしのロケットペンダントはどこに？」

セルジュは困ったように眉根《まゆね》を寄せた。

「その上層階で、さ。でも上の階には行かないほうが良い。いつどこが崩れ落ちるか分かったものじゃないからね」

クーファはさりげなくミュールの背中に寄り添いつつ、メリダに目配せをした。

メリダは頷《うなず》いて、ミュールの手のひらを取る。

「抜《ぬ》け駆《が》けはダメよ？　ミウ」

「まあっ」

ミュールはほっぺたを膨《ふく》らませて、強く手を握り返すのだ。

何せ、いつシュナイゼン団長ら燈火騎兵団《ギルド・フェルニクス》の皆が追いついてくるか分からないのである。目的地はあちらに知られたも同然。ならば残された時間で、クーファたちは彼らの旅の目的を達成しなければならない。

クーファは作業中の黒天機兵団《ギルド・オーダイン》のもとへと歩いた。

何やらキャラバンを五台、縦一列に並べて、見るからに頑強《がんきょう》な器具で連結している。先頭車両はひときわ馬力がありそうだ……この様相は、まるで。

「列車、のようですね」

クーファが感想を零すと、指揮を執《と》っていたクローバー社長が振《ふ》り返る。

感情豊かに、ピエロスマイルを作った。

「まさしくデス。これらキャラバンをひと繋《つな》ぎの列車として、時間を越《こ》える乗り物となるように設計いたしマシた。一台壊《こわ》されちゃいましたがネェ〜オヨヨヨヨ……」

わざとらしい泣き真似をして、シーザ＝ツェザリ秘書がハンカチを手に慰《なぐさ》める。

クーファは段々彼との付き合い方が分かってきたので、ただ淡々《たんたん》と問う。

「キャラバンを過去へと持ってゆくということですか？」

「イエス。《そこ》がどのような世界かは我々にはまったく未知数。腰《こし》を落ち着けられる場所などないかもしれナイ。けれどせめてキャラバンがあれば、我々旅行者にとっての拠《きょ》点《てん》に出来るというわけデス」

「なるほど……」

しかも連結しているキャラバンは五台。残りの一台は予備として置いていくようだ。万が一の場合、遺跡に残された者たちの足に使えるように……ということだろう。

つくづく――何度も痛感するが、実に周到《しゅうとう》なことである。

きっと彼は、念入りにこの時間旅行を計画してきたのだ。何年もかけて……。

黒天機兵団《ギルド・オーダイン》の男衆の号令を聞きながら、クーファは視線を他方へ向ける。

「あちらは？」

キャラバンの連結組とは別に、もうひとつのグループが作業をしていた。

そちらは――フランドールからかっぱらってきた永久機関を中心に、何やらパーツを組み合わせて大きな《環《わ》》を作っている。とても大きい……アーチのようだ。キャラバンが余裕《よゆう》をもって潜《くぐ》り抜けられるほどの規模である。

クローバー社長は自慢《じまん》げに胸を膨らませた。

「アチラがいわゆる時間跳躍《ちょうやく》機関――タイムマシンと呼ぶものデス！　くれぐれも不用意に近づかないようご注意くだサイ。ワームホールのなかはとっても危険！」

まるでパフォーマーのように、全身をうねらせて《恐怖《きょうふ》》を表現する。

「キャラバンを用いるのにはそうした理由もあるのデス。ワームホールに生身で放《ほう》り出されれば、いくらあなたでも一瞬《いっしゅん》で蒸発してしまうデショウ!!」

クーファは肩をすくめた。

「心臓が縮み上がりました」

「デショウ？」

「何かお手伝いすることは？」

するとクローバー社長は、にんまりと満面の笑《え》みを浮《う》かべた。

「コチラは専門的かつ、小難しい作業になりマスので、ワタクシどもにお任せを。貴族のみなサマは、そうですネェ～食事会の準備をお願いできますデショウか⁇」

「食事、ですか？」

クローバー社長は大きな声かつ、弾むようなイントネーションで言い聞かせてくる。

「ここからが大一番デス！　我々はしっかりと英気を養わなければなりマセん。豪勢《ごうせい》にお願いしますヨォ〜〜〜⁉︎　旅行者にとっては最後の晩餐《ばんさん》かもしれませんのでネェ〜。オォ〜〜〜ッホッホッホ‼」

その案内人《コンシェルジュ》が縁起《えんぎ》でもないことを言う……。

ともかくも、手持ち無沙汰《ぶさた》な貴族組は手分けして動き出した。六台目のキャラバンを借りて心ばかりの料理を作り、ウッドテーブルとチェアを並べてクロスを敷《し》くのである。全員の人数を数えてコップを揃《そろ》え、各テーブルに飲料水のボトルとともに並べた。

そのうちに、キャラバンとタイムマシン、それぞれの作業を終えた者たちから引き上げてきて、テーブルでくつろいで料理を摘《つ》まみながら談笑《だんしょう》を始める。

クーファも、メリダたちには先に食事を始めているように言い、残りの料理の皿を手早くテーブルへと運び終える。ひと息ついてエプロンを外すと、労《ねぎら》ってくる声。

セルジュだ。

「楽しいね。こうして皆《みな》でバーベキューというのも」

「最後の晩餐かもしれないいんですって」

クーファが冗談《じょうだん》めかして笑うと、セルジュはなぜか、真に受けて考え込んだ。

「心残りのないように、か……」

何やら頷いて、ひとつのテーブルへと足を向ける。

そこでは一足先に、公爵《こうしゃく》家ゆかりの少女たちがおしゃべりをしていた。エリーゼにサラシャ、そしてフリージアにクシャナだ。

セルジュは、後ろからフリージアの肩《かた》へと手のひらを添《そ》える。

「フリージア、少しいいかい？」

「えっ。は、はいっ……な、なんでありましょう？」

「きみの幼馴染《おさななじみ》たちを人間の姿に戻《もど》す手掛《てが》かりについて――今のところ分かっている情報を伝えておくよ」

フリージアは、「えっ⁉」と目を丸くした。

彼女の幼馴染と言えば、七匹の狼《おおかみ》の姿として知られている。しかしその正体は、もともとは人間の少年少女だった。ワーウルフ族の人体実験の果てに、フリージアを除《のぞ》く彼らはランカンスロープと化してしまったのである。

人間の頃《ころ》の自我を保っているのが、かすかな救い……。

悲劇のフリージアへと、かつてセルジュは約束したのだそうだ。

『子供たちの呪《のろ》いを解き、人間の姿を取り戻させてみせる』――と。

隣《となり》のクシャナが席を譲《ゆず》り、セルジュは礼を言ってそこに座った。

フリージアはまだ唖然《あぜん》としている。

「お、覚えていてくださったのでありますか……？」

「当たり前じゃないか。それさえ投げ出したら、僕は本当にろくでなしになっちまう。——いいかい？　ワーウルフ族以外にもそうした研究を行っていた者がいたらしく、あいにくまだその研究レポートが手に入らないんだけれど、有力な話としては……」

と彼は語り始め、食い入るように聞き入るフリージアだ。

クーファはほのかに笑いつつ、その隣のテーブルへと腰を下ろす。

すると、同じテーブルへと移動してきた美女がいた。

「これはクシャナさま」

彼女はゆったりと隣に腰かけるなり、前置きもなく言う。

「良い機会だ、おまえの考えを聞いておかねばな。——私とサラシャ、どちらにする？」

「はい？」

「やはりサラシャか！　うむ、そうに違いないと思っていた。あの子の気持ちは見ていれば分かる。いつも兄の背中に隠《かく》れていたあの子を私も心配していたものだが——」

「……お待ちを。なんの話をされているのですか？」

どうもあえて遠回りをしているようだ。クシャナはもっともらしく人差し指を立てる。

「あの革命の折、私はおまえに託《たく》したな？　シクザール家に伝わる《鍵言《かぎごと》》を。もし聖王《せいおう》区《く》が封鎖《ふうさ》されるような事態になったとき、抗《あらが》う者たちの手助けになるようにと」

「え、ええ。見事な采配《さいはい》でございました」

彼女が言っているのは、聖王区に隠された避難《ひなん》通路のことであろう。

緊急時《きんきゅう》にビブリアゴートへと逃《のが》れられるよう、三つの合言葉によって鍵の掛《か》けられた扉《とびら》が存在していたのだ。その抜け道にかつて、クーファたちも大いに助けられた。重要人物ならではの扉であるからして、その鍵言は三大騎士《きし》公爵家にひとつずつ伝えられていた。

シクザール家のそれを、クーファはクシャナから聞かされて記憶《きおく》していたのである。

それが肝要《かんよう》なのだと、クシャナは言う。

「本来であれば、鍵言は公爵家の血筋の者しか知っていてはならない。でなければ避難通路の意味をなさないからな。それをおまえは知ってしまったわけだ」

「は、はあ……」

「ゆえにおまえを亡《な》き者にしなければならないのだが、たったひとつだけ、ことを穏便《おんびん》に済ませる方法がある。おまえが《クーファ＝シクザール》になることだ。理解したか？」

よく分かったとばかりにクーファは席を立つ。

胸に手を当てて慇懃《いんぎん》にお辞儀《じぎ》をするのだ。

「おっと。お嬢《じょう》さまがお困りになっているようなので、すぐに駆《か》けつけなければ……」

「そうかそうか。まあゆっくりと選んでくれ。何せ長い付き合いになるからな。ただし
――逃《に》げられると思うなよ？」

さて、どうやって言いくるめれば良いだろうかと悩《なや》みながら、クーファは足早にその場をあとにするのである。

身もとの怪《あや》しい自分などサラシャ嬢に釣《つ》り合わないだろうに……。

逃げ込んだ先は一台のキャラバンだった。連結された車両の先頭。

その一台だけは特別仕様だった。運転席を、後続の車両にはないごてごてとした機械が圧迫《あっぱく》している。カラフルなランプが明滅《めいめつ》していて目がくらみそうだ。

ふたりの少女が、その装置を興味深げに覗《のぞ》き込んでいた。

「メリダさま。ミュールさま」

彼女らは、ぱっとクーファを振り返る。

もうとっくに、黒天機兵団《ギルド・オーダイン》の皆は作業を終えて宴《うたげ》を始めていた。クローバー社長とその秘書が、タイムマシンなる輪っかの前で細かい指示をしているのみだ。

そうしてひと気の失《う》せたキャラバンに、ふたりは何やら用があるようなのである。

その気持ちもさもありなん。メリダは弾《はず》んだ声でクーファを呼ぶ。

「見てくださいっ、先生。この機械で行き先を決めるんですって」

実はクーファも並々ならぬ興味があったので、同じく運転席を覗き込む。

座席が取り外されており、立って運転するようになっていた。まさしく列車の機関車両のようだ。ハンドルの隣にいくつものレバーが増設されている。

大きなダイヤルが十三桁《けた》の記号と数字を示していた。

この機械が渡航《とこう》先の年月を決めるらしい……。

すでに設定は万全《ばんぜん》に済まされていた。あとは起動するだけだ。

「触《さわ》ってはダメですよ、お嬢さま」

クーファはメリダの手を包む。

子供扱《あつか》いされたのが不満だったのか、メリダはほっぺたを膨《ふく》らませた。

「ぷ～っだ」

そうして主従でじゃれ合っていると、背中に声が掛けられた。

いつの間にか運転席から離《はな》れていた、ミュールである。

「せ～ん～せっ」

そのいかにも嬉《うれ》しそうな声……表情！　いい加減クーファも気づこうというものである。

彼女がこうしてもったいつけているときはろくなことを考えていない。

クーファは腕《うで》を組んで、彼女へと向き直る。

「なんですか？　今度は何を企《たくら》んでいるんですか？　怒《おこ》らないから言いなさい」

「まあっ、ひどい。愛するせんせにちょっとしたサービスですわ？」

「サービス？」

「……え、えいっ」

ひと目がないとは言え、本当に突拍子《とっぴょうし》もないことをする。

ミュールは自分で自分のスカートをめくって、その内側を少しだけ見せつけてきたのである。クーファは吹《ふ》き出しそうになった。下着が見えたこと……そのものにではない。

そのあまりに小悪魔的なデザインにだ。

ミュールの真っ赤なはにかみ顔を見るに、どうもクーファが喜ぶと思ってやったらしいのだが……クーファは彼女の左右の肩を摑《つか》み、詰《つ》め寄らずにはいられない。

「どういうことですか？　ミュール嬢。このいけない下着はいつの間に手に入れたのですか？　オレがアルメディアさまにしばき倒《たお》されてしまいます……っ！」

「えへへぇ～……リタちゃんのもなかなかセクシーですわ？」

「お嬢さま？」

クーファはぐるりと振《ふ》り返り、メリダは「ひうっ」と縮み上がる。

お説教をしなければならない相手が増えたようだ……クーファはメリダにも詰め寄る。

「オレはエイミーさんからお嬢さまのことを託されているのです。教育に悪影響《あくえいきょう》があれば顔向けできません。さあ白状なさい。今すぐ説明しなさい。いったいどんな下着を――」

「きゃーきゃーきゃーっ！　あーとーで～～～っっっ！」

そうして車内で押し合いへし合いしていると、宴の会場から歓声《かんせい》が聞こえてきた。

はたと気づけば、いよいよタイムマシンとやらの設置が終わったらしい。

ジャンヌ・クロム＝クローバー社長が声援《せいえん》を浴びている。

おませな少女たちへのお説教は後回しにして、クーファは彼女らの背中を促《うなが》しつつキャラバンを降りた。クシャナら、公爵家の皆が集《つど》うテーブルへと向かう。

周囲のテーブルの熱狂《ねっきょう》たるや――

もう時間旅行の準備は万端《ばんたん》のようだ。永久機関を中心に、組み立てられた環《わ》の内側でエネルギーが集束している。肌《はだ》が粟立《あわだ》つほどの圧力……！

あのエネルギーが全開で解き放たれたとき、時空間にトンネルをぶち開けて過去への線路が生まれるのだろう。断続的に、ばちっ、ばちっとスパークを散らしている。

その光彩《こうさい》を背負いながら、クローバー社長は左右の腕を広げた。

「みなサン！」

自らの側頭部を、ぽんっと叩《たた》く。

「ワタクシとしたことがとんでもない見落としをしておりマシた！」

周囲のテーブルがどよめく。

クーファたちも椅子《いす》に腰《こし》かけながら、思わず表情を緊張《きんちょう》させた。

まさか、ここに至って計画に不手際《ふてぎわ》が……っ？

全員の注目がクローバー社長へと集まる。

「ワタクシ——まだこのタイムマシンの名前を決めておりマセん！」

全員が、大なり小なりがくり、と脱力《だつりょく》する。

クーファは思わず声を上げた。

「名前が必要ですか？」

クローバー社長はしっかりと言い返してくる。

「これはとても重要デス！」

そしてダンサーのごとく振り返り、機械的な環を見上げるのだ。

「さあて、トレイン……レール……タイム……クロノス……ううむ。よろしい、ならばこのタイムマシンの名は、《ロード・クロノス号》！」

高らかに宣言して、彼は子供のような笑顔《えがお》になる。

「ワタクシの夢の結実」

そうしてあらためて振り返り、居並ぶテーブルを眺《なが》め渡《わた》す。

「諸君、諸君！　まずは礼を言わせてくだサイ。──レイボルト財団ゆかりの技術班！」

ひとつのテーブルに集っていた面々が、歓声とともにコップを掲《かか》げる。

クローバー社長は続けて別の一角を指差す。

「黒天機兵団《ギルド・オーダイン》の勇敢《ゆうかん》な戦士たち！」

筋肉自慢《じまん》の男女が腕を突《つ》き上げ、野太い大声で応《こた》える。

それからクローバー社長は、大げさにお辞儀をしてみせた。

「さらに、高潔なるみなサ〜マ……」

クーファたち貴族組のことである。周囲のテーブルが指笛を吹いて囃《はや》し立ててきた。セルジュやクシャナでさえ、照れくさそうに苦笑《くしょう》する。

クローバー社長はシルクハットを取り、もういちど全員に向けてお辞儀をした。

「あなたがたのおかげデス。ワタクシが今ここに立ち、ロード・クロノス号を完成させられたのは。とりわけ、レイボルト財団ならびに、黒天機兵団《ギルド・オーダイン》の皆《みな》……よくぞ、よくぞ今日までワタクシに付き合ってくださいマシた」

シルクハットを被《かぶ》り直し、彼はその義眼に、馴染《なじ》みの面々の顔をひとりずつ映す。

部下の彼らも、誇《ほこ》らしげな態度で演説に聞き入っていた。

クローバー社長は歌うように言う。

「あなたがたは素晴《すば》らしいっ」

零《こぼ》れる皆の笑顔。

クローバー社長はいつものように、身振《みぶ》り手振りを交えながら語った。

「今でこそ、フランドールのお偉方《えらがた》に誤解されてしまっているかもしれマセん。けれド、必ず分かっていただける日が来るハズ。あなたがたの知恵《ちえ》は人々の暮らしをよりよくし、あなたがたの『誰《だれ》かを守りたい』という思いは、燈火騎兵団《ギルド・フェルニクス》のそれとなんら変わることがないト。いつかきっと、騎兵団《ギルド》と機兵団《ギルド》は手を取り合うことができマス！　――ワタクシも叶《かな》うなら、その日をともに迎《むか》えたかっタ」

沈黙《ちんもく》――……。

周囲のテーブルの皆が、訝《いぶか》しげに顔を見合わせ始めた。

クーファも眉《まゆ》をひそめる。

話し続けているのはクローバー社長だけだ。

「あなたタチの栄光の日々を！　ワタクシも見届けたかっタ」

「社長……？」

「デスが」

呼びかけにも応えず、彼は語り続ける。

いつの間にか、おどけた態度は鳴りを潜《ひそ》めていた。

それどころか、スピーチの苦手なあがり症《しょう》のように、指先を組み合わせている。

「ですが、残念デス……ワタクシは」

神経質そうに、皆の顔を見て。

「もう行かねば」

悲鳴。

全員が声のほうへと振り返った。そしてとんでもない光景を見た。

クローバー社長の秘書・シーザ＝ツェザリが人質《ひとじち》に取られていたのだ！

最後方のテーブルである。それに土足で上って、シーザ秘書を羽交《はが》い締《じ》めにして拳銃《けんじゅう》を突きつけているのは、フランケンシュタイン族の小男だった。

痛々しい怪我《けが》もそのままに、白衣を乾《かわ》いた血で汚《よご》している。

カルナネイブルから逃げ延びていたらしい……。

ドクター・ホイールだった。

「なんてことだ……」

クーファとセルジュは思わず腰を浮《う》かす。しかしすぐに金切り声が上がった。

「動くな‼」

ドクター・ホイールは額に青筋を立てて、シーザ秘書の首筋に銃口を押し込む。

彼の目は血走っており、まともな精神状態ではないように思えた。

……当たり前か。

彼の都はつい先日に滅《ほろ》ぼされ、おそらくはフランケンシュタイン族の同胞《どうほう》も、彼を残して死に絶えたのだろうから。

ろれつを怪《あや》しくしながら、クーファへとまくし立ててくる。

「よ、よ、よくもわしを騙《だま》してくれたな！　ペ、ペ、ペテン師め！」

「…………」

クーファは言い訳もしなければ、悪びれもしない。

こうなる可能性は充分《じゅうぶん》に考えられた。

むしろ、しっかりと彼の息の根を止めておかなかったことを悔《く》やむばかりだ。

睨《にら》みながら、問う。

「何が望みだ」

ホイールは一瞬《いっしゅん》だけ銃を振って、すぐにシーザ秘書の首もとへと戻《もど》した。

銃口で、連結された五台のキャラバンを示したのだ。

「そ、それがタイムマシンというものだな⁉」

「だとしたら？」

「動かせ！」

唾《つば》を飛ばしながら喚《わめ》き立ててくる。

「レイシー女王がカルナネイブルから旅立った、一年前のあの日まで遡《さかのぼ》るのだ。そうして女王を御《お》止めする！　あの日からすべてが狂《くる》い始めた！　女王さえいてくだされば フランケンシュタイン族は安泰《あんたい》だった。その過去を取り戻すのだ‼」

クーファはなんとか彼を取り押さえなければならなかった。

なんとなれば、永久機関の全出力をもってしても、時空間にトンネルを穿《うが》つことができるのは一度きり。時間旅行のチャンスは一度しかないのである！　ホイールの都合に付き合っていたらクーファたちの目的を達成することができず、ここまで決死の思いで辿《たど》り着いたことのすべてが、水の泡《あわ》だ。

シーザ＝ツェザリ秘書は、あれでもマナ能力者だ。

しかし生粋《きっすい》の戦士ではない。

さすがにゼロ距離《きょり》で喉《のど》もとにピストルを撃《う》ち込まれたら厳しいか……？

そうして考えを巡《めぐ》らせている時間さえ、ドクター・ホイールを苛立《いらだ》たせていた。

「はっ、早くしないか!!」

今にも銃を暴発させそうである。シーザ秘書は表情を引きつらせていた。

見るに見かねたクローバー社長が、刺激《しげき》させまいと歩み寄る。

「オォウ……ミスター・ホイール。どうかワタクシの秘書を──」

ホイールはふいに銃を向け、撃った。

しばし、誰もがその光景を受け止めかねた。

しかし、撃たれてしまった弾丸《だんがん》はどうしようもなく……。

クローバー社長の脇腹《わきばら》から、急速に血の染《し》みが広がった。彼は己《おのれ》の傷口を触《さわ》ると、濃《こ》いため息をひとつ零して、床《ゆか》へと崩《くず》れ落ちる。

機兵団《ギルド》の者たちが騒然《そうぜん》となり、シーザ秘書は絶叫《ぜっきょう》した。

「社長っ!!」

「動くなァ！」

ホイールは人質を力ずくで引き戻し、念入りに首筋へ銃口を押し込む。

横たわるクローバー社長から、血が床へと広がってゆく……。

「じ、じ、じ、実験動物ごときが、わしの名を気安く呼ぶなァ！」

あらためてクーファを睨みつけてきた。

「あ、あ、あなたが責任を持ってタイムマシンを動かせ！　さあ、早く！」

クーファは慎重《しんちょう》に立ち上がり、クローバー社長の傍《かたわ》らへとしゃがみ込んだ。

意識はあるようだが……ホイールのほうを睨むように窺《うかが》った。

「まずは彼の手当てを」

「駄目《だめ》だ！　動かすのが先だッ」

ホイールはクーファとシーザ秘書とのあいだで、忙《せわ》しなく銃口を往復させた。

「そ、そ、その男も連れていけ！　タイムマシンの設計者だろうッ？」

「……っ」

彼を刺激したらたやすく引き金を引くというのは、証明されたばかりだ。

クーファはクローバー社長を抱《かか》え上げ、ナイト・キャラバンあらため、ロード・クロノス号の先頭車両へと向かった。おびただしい血が、社長の服の裾《すそ》から落ちる。

ドクター・ホイールはなおも神経質だった。

「あなたへの人質がいる！」

と言って、この場でもっとも弱い見た目の者たちに銃を向けたのだ。

つまりは、クーファと同じテーブルに座っていた、同い年の公爵家《こうしゃくけ》令嬢《れいじょう》四人に。

まずはメリダとエリーゼを睨む。

「おまえたちはッ？」

メリダは毅然《きぜん》と言い返す。

「レイシー女王の死を看取《みと》ったのは、わたしたちよ」

「……乗れ！」

ホイールがあごをしゃくり、メリダとエリーゼはすまし顔で席を立つ。

その隣《となり》に座っていたのがミュールだ。ホイールは問う。

「おまえは？」

ミュールは挑《いど》むように微笑《ほほえ》んだ。

「レイシー大お祖母《ばあ》さまと同じ、ラ・モールの姓《せい》を持つ者ですわ」

「乗れッ」

ミュールもそっけなく席を立ち、メリダとエリーゼのもとへと向かう。

最後はサラシャだ。

そこでホイールは、さらにその隣の席を、これみよがしにねめつけてみせた。

「セルジュ＝シクザール公爵。あなたにも人質が必要だ」

「ドクター・ホイール、それは……」

セルジュは思わず声を上げかけるが、しかし反論するのもはばかられた。

これ以上、凶弾《きょうだん》の犠牲者《ぎせいしゃ》を増やしてはならない……！

サラシャは早々に席を立って、友人たちとともにロード・クロノス号へと向かった。

そうして先頭車両には、クーファと重傷のクローバー社長。公爵家令嬢の四姉妹《しまい》。そして最後に、シーザ秘書を人質に取ったホイールが乗り込むことになった。

ほかの者たちは、手を出そうにも出せず、列車を取り囲むしかない……。

クーファはクローバー社長を慎重に床へ下ろしてから、運転席に立った。

複雑怪奇《かいき》なレバー群を前に……しかし、手が止まる。

ドクター・ホイールが金切り声で急《せ》かしてきた。

「早く動かすのだ！　女王が旅立つ前の、一年前の春の日に！」

クーファは慎重に彼を振《ふ》り返る。

「……操縦の仕方が分からない」

「嘘《うそ》をつくなッ！」

実は嘘だった。

クーファはすでに、ダイヤルの数値が年月を表すことに気づいている。これを操作してホイールの指定に合わせ、あとはロード・クロノス号の動力を入れればよいだけだ。
ただし、それを行った瞬間、自分たちが苦心してきたことのすべてが水の泡である。
かと言って、人命は何にも代えがたい。
いったいどうすれば……！
壁《かべ》にもたれかかるクローバー社長は、すでに虫の息だった。
血を流し過ぎている。彼を中心に血だまりが広がる。
クーファを見ていた。
何かを言っていた。
「……ャンスは……一度……チャンスは……一度………」
小刻みに、何度も頷《うなず》く。
「……迷ってはなりマセん!!」
彼は突然《とつぜん》跳《は》ね起きて、クーファを押し退《の》けながら運転席へと倒《たお》れ込んだ。
大怪我が嘘のように、幾《いく》本ものレバーを続けざまに倒しては、スイッチを押し込む。
耳鳴りがするほどの超音波《ちょうおんぱ》。
永久機関から衝撃波《しょうげきは》が放たれ、外にいた者たちを根こそぎ薙《な》ぎ倒した。
機械的なアーチに電流が集《つど》い、景色を歪《ゆが》ませた。空間が外側から内側へと巻き込まれ、その中心から虚無《きょむ》に呑《の》み込まれてゆく。背筋が寒くなるような現象だ。衝撃波の正体は空間の上げる悲鳴である。連なった五台の車両がびりびりと軋《きし》んだ。

負けじと、ロード・クロノス号の燃焼機関が吼《ほ》える。

ゆっくりとタイヤが回り、少しだけ前進したら、あとはもう一瞬だった。

アーチの中心へと、五両がひと息に吸い込まれる。

その環《わ》を突破した瞬間、重力の膜《まく》がロード・クロノス号を握《にぎ》り潰《つぶ》そうとした。壮絶《そうぜつ》な圧力が先頭車両から最後尾《さいこうび》までを駆《か》け抜《ぬ》けて、車内を揺《ゆ》るがす。

乗客はたまったものではなく、誰《だれ》もが床へと倒れ込んだ。

これがワームホールの内部……!!

さながら嵐《あらし》の海だ。ロード・クロノス号は波の上を疾走《しっそう》する列車だ。その海は巨大《きょだい》なトンネルの形をしていた。すなわち湾曲《わんきょく》しながら天井《てんじょう》で繋《つな》がり、遥《はる》か彼方《かなた》まで続いている。

全方位で荒々《あらあら》しく波がぶつかって、ロード・クロノス号に飛沫《しぶき》を浴びせかけた。

海の正体は水ではなかった。

溶《と》かした銀のような……強《し》いて言うのなら、《情報》か？

電気的な大合唱がうるさいぐらいに響《ひび》き続けている。

車内でいち早く身を起こしたのはドクター・ホイールだった。

彼は、自分の要求が突《つ》っぱねられたことに気づいたらしい。ロード・クロノス号は当初の設定のまま緊急《きんきゅう》発車した。

運転席にぐったりともたれかかる、出来損《ジャンク・ピエロ》ないの道化によって！

「貴様アアアア――――――――――――――ッッッ!!」

ホイールはがむしゃらに引き金を引いた。何発かは窓ガラスへ逸《そ》れたものの、クローバー社長の全身からとめどなく血潮が跳《は》ね、彼は不恰好《ぶかっこう》なダンスを踊《おど》らされる。

その光景に狂乱《きょうらん》したのは、彼の秘書だった。

シーザ＝ツェザリは喉が破けんばかりに絶叫し、遅《おく》れて跳ね起きる。

小柄《こがら》なドクター・ホイールを抱え上げた。

力任せに投げ捨てる。

運転席の窓を突き破り、彼はそのまま車外へと転落した。なんともおぞましいことに、銀色の波に触《ふ》れた途端《とたん》、ホイールの肉体はなめらかに削《けず》り取られたのである。痛みを感じている暇《ひま》もないようだった。自分の身に何が起きたのかも分かっていない表情で、最後のフランケンシュタインは荒波《あらなみ》に一瞬で引きずり込まれて、消滅《しょうめつ》した。

彼が存在していた証《あかし》すら、一片《いっぺん》たりとも遺《のこ》すことなく……。

ロード・クロノス号は疾走を続けている。シーザ秘書は主人にすがりついた。

「社長！　社長ぉぉ!!」

クローバー社長の容体は、目を覆《おお》わんばかりだ。

かろうじて脳は外れたようだが額にも銃痕《じゅうこん》がある。クーファも急いでしゃがみ込んだ。

「クローバー社長、すぐに手当てを……！」

そのときだった。

ロード・クロノス号ががくんっ、と衝撃に揺れ、目に見えて速度を落とした。

タイヤが耳障《みみざわ》りな悲鳴を上げている。水位が徐々《じょじょ》に上がっているようにも見える。

クーファにも、公爵家の四人にも、何が起こっているのか分かるはずがない。

クローバー社長がわずかに唇《くちびる》を震《ふる》わせた。

「後部車両に……トラブルが発生したようデス……様子を、見てきてくだサイ……！」

「ですが社長、あなたの治療《ちりょう》を先に――」

クローバー社長は壮絶な表情でクーファを睨《にら》んできた。

力んでいないと今にも意識を失ってしまいそうなのだろう。

「もしこのままロード・クロノス号がワームホールに呑まれれバ……ここにいる全員が時空間の藻屑《もくず》デス!!　急いでくだサイ……!!」

「……っ」

クーファは強く唇を噛《か》んでから、身を翻《ひるがえ》した。

ここにいてもできることはない。クローバー社長のことはシーザ秘書に任せ、クーファと公爵家の四姉妹は車内の階段を駆け上がった。屋根に渡《わた》し板が架《か》けられており、後方車両へと移ることができる。

「トラブル⁉」

道すがら、第二車両の車内を五人で手分けして確かめるものの、これといった異常など見つからない。黒天機兵団《ギルド・オーダイン》が万全《ばんぜん》の整備をしてくれたままだ。

いったいどこに問題があるというのだろうか。

第三車両も正常だった。

第四車両にも異変の影《かげ》はない……。

そうして行き着いたのは、最後尾の第五車両だ。メリダが息せき切って屋根を駆ける。

寸前、クーファが彼女の襟首《えりくび》を摑《つか》んで引き止めた。

そのまま後方へ放《ほう》り投げる。

「先生っ⁉」

メリダは立て続けに驚《おどろ》かされた。

直後、第五車両の屋根が吹《ふ》き飛んで、まさにメリダが踏《ふ》み込もうとしていた空間を衝撃波が撃《う》ち抜いたのである。メリダはかろうじて難を逃《のが》れた。しかし入れ替《か》わりに前へ出ていたクーファがもろに炸裂《さくれつ》に巻き込まれ、その脇腹《わきばら》が、ごっそりと抉《えぐ》り飛ばされる。

尋常《じんじょう》ではない血潮——

「がッ、ふ……!!」

さすがの彼もそのまま倒れ込む。メリダたち四人は口もとを覆い、声を揃《そろ》えた。

「先生っ!!」

駆け寄ろうとした、その前にだ。

第五車両のなかから、階段を上ってくる人物がいる。

嗚呼《ああ》、信じたくはないが……その白髪《はくはつ》。

壮年《そうねん》らしからぬ、少女じみた白い肌《はだ》。

しかし人相が変わっていた。

《名乗らぬ者》とともに奈落《ならく》へ堕《お》ち、よほどの恐怖《きょうふ》を味わったのだろう。

吸血鬼《ヴァンパイア》・セオドーアだった——

特徴《とくちょう》である白髪は乱れ、その表情は絶えず、痙攣《けいれん》して引きつっている。

左右で異なる顔つきになっていた。しかし怒《いか》りに満ちているということだけは分かる。

「行かせはせぬぞ、過去の世界へなど……!」

そのプレッシャーにメリダたちは後ずさるしかできなかった。

第四車両へ──セオドーアはクーファを一瞥《いちべつ》しつつ、彼を無視してさらに歩む。

「メリダ＝アンジェル」

その呼びかけに、エリーゼが、サラシャが、ミュールが、いっせいに前に出てメリダを庇《かば》った。セオドーアは顔を痙攣させて、醜《みにく》く笑う。

「おまえがおとなしく首を差し出すなら友は助けてやろう」

そのとき、少女たちははっ……と面を上げた。

セオドーアの背後で、クーファがゆっくりと身を起こしている。

セオドーアもそれに気づいたようだ。肩越《かたご》しに振り返り、やはり不恰好に嘲《あざけ》る。

「無理をするな、人間。おまえの命はすでに──」

その胸《むな》ぐらを締《し》め上げられた。

放《ほう》り投げられる。セオドーアは第五車両の最後部まで転がって、受け身を取った。

「なんだと……」

クーファの発揮した怪力《かいりき》は尋常ではなかった。

吹き飛んだはずの脇腹に光の粒《つぶ》が集い、みるみる傷跡《きずあと》を塞《ふさ》いでゆく。

その光景を目《ま》の当たりにした少女たちは目を見開いた。

彼の髪《かみ》の毛が一気に伸《の》びる。

真っ白に染まる。

全身から噴《ふ》き上がる底無しの凍気《アニマ》――

瞳《ひとみ》が蒼《あお》く獰猛《どうもう》な輝《かがや》きを放ち、セオドーアを真正面から射貫《いぬ》いた。

メリダはたまらずに胸もとを握り締めた。エリーゼも、サラシャも、ミュールも愕然《がくぜん》として言葉を失っている。

セオドーアだけだ。今のクーファの姿を見て、嗤《わら》うことができたのは。

「――忘れていた。それで能無しのフランケンシュタインどもを騙《だま》し通せたのだったな。混じりものの、忌《い》まわしき、《半》吸血鬼！」

クーファは右こぶしにアニマを宿し、振《ふ》り上げた。

「付き合ってもらうぞ」

叩《たた》きつける。

第四車両と第五車両を繋いでいた連結器を、一発で撃ち砕《くだ》く。渡し板が吹き飛び、前方車両が急激に加速した。足枷《あしかせ》になっていた第五車両だけが、取り残される。

みるみる離《はな》れてしまう距離《きょり》。第四車両の縁《ふち》から、メリダは懸命《けんめい》に手を伸ばした。

「先生っ――――――!!」

第五車両の屋根ではふたりのヴァンパイアが対峙《たいじ》していた。

セオドーアにはまだ嘲る余裕《よゆう》がある。

「この程度の距離、ヴァンパイアにとってはひとっ飛びではないかね？」

「……だからわたしが残った」

クーファは左右のこぶしを固めて、ファイティングポーズを取る。

「取り返しのつかない距離まで離れれば、私の勝ちだ」

セオドーアは頷《うなず》き、左の手刀を前にして拳法《けんぽう》じみた構えを取る。

「ならば手早く済ませようか」

両者から激烈《げきれつ》な凍気《とうき》が噴き上がった。

セオドーアには隙《すき》が見当たらなかった。ならば正面から叩き伏《ふ》せるのみ――クーファは足を滑《すべ》らせるようにして踏み込み、構えを維持《いじ》したまま肉薄《にくはく》して、打つ。

拳圧によって、空気が乾《かわ》いた音を立てて弾《はじ》ける。

セオドーアは左手一本で捌《さば》いた。目にも留まらぬクーファのこぶしに自らの手刀を割り込ませ、払《はら》う。クーファは右のこぶしを引き戻《もど》しつつ、左のフックを突き上げる。

先んじて手首を押さえられて、こちらも弾かれた。

轟音《ごうおん》――

クーファのこぶしが鋼《はがね》ならば、セオドーアの手刀も鉛《なまり》だった。生身の人間では粉々になるほどの威力《いりょく》。一発一発がぶつかるごとに空間が耐《た》えかねて、衝撃波《しょうげきは》が散る。

クーファはとめどなく撃ち、セオドーアはことごとく捌く。

セオドーアの体幹はびくともしなかった。

対してクーファは、込《こ》めたパワーが逸れるたびに体力を消耗《しょうもう》させられる。

顔面を狙《ねら》った一撃を、セオドーアは紙一重《かみひとえ》で上体を捻《ひね》って躱《かわ》す。クーファがこぶしを引き戻すより早く、相手の腕《うで》が絡《から》みついた。関節が軋《きし》み、次いで右脚《みぎあし》に衝撃。

セオドーアは鋼鉄のごとき蹴《け》りを続けざまに叩き込んできた。足首からふくらはぎ、膝《ひざ》を砕き、クーファがたまらず体勢を崩《くず》すと、回し蹴りで脊髄《せきずい》を打つ。

クーファの右腕はまだ極《き》められており、逃れることができなかった。セオドーアは容赦《ようしゃ》なく、左の裏拳でクーファの胸板を痛めつけてきた。いくつもの残像を引きながらおぞましい連打が叩き込まれて、棘《とげ》と錯覚《さっかく》するような痛撃が、肋骨《ろっこつ》を砕く。

クーファは血を吐《は》いた。

セオドーアは鋭《するど》く踏み込み、足払《あしばら》いを掛ける。面白《おもしろ》いようにクーファは足もとから掬《すく》い上げられた。そこでようやっと、右腕が離されるとともに放り投げられる。

第五車両の屋根を飛び出して——

銀色の荒波《あらなみ》へと。クーファは懸命に目を見開き、アニマを解き放った。

腕を振り抜《ぬ》くと、冷気が凝縮《ぎょうしゅく》されて氷の足場を作る。靴幅《くつはば》のぎりぎりだ。細長いレール
となり、スケーターのごとく飛沫《しぶき》を潜《くぐ》り抜けながらスライドして、跳《と》び上がる。

屋根の上へと舞《ま》い戻り——

飛び抜けざまに蹴撃《しゅうげき》。ようやくの手応《てごた》えを得たが、相手は的確に二の腕で受けていた。

クーファは空中で体勢を整え、着地。

荒い息を吐く。

セオドーアは防御《ぼうぎょ》した右腕を軽く振り、関節を鳴らした。

「若造が」

歪《ゆが》んだ顔面で、侮蔑《ぶべつ》の感情を表す。

「おまえの素性《すじょう》はおおよそ見当がつく。——アマリアはどうした？」

クーファは目を見開いた。

喘《あえ》ぐようにして唇が動く。

「どうして母の名を……——」

その反応でセオドーアは気づいたようだ。

「死んだか？」

嗤う。

これまでもっとも歓喜《かんき》を表し、文字通り、破顔した。

「そうか、死んだか！　ハハハ……ヒャハハハハハハ!!」

クーファは自らの腕に食《く》らいついた。

血を吸う。

視界が真っ赤に染まった。白髪がさらに伸び、手のひらの先が尖《とが》る。

獰猛な感情とともに暴力的なまでのパワーが湧《わ》き上がってくるのが分かった。

セオドーアは笑うのをやめる。

「なるほど、奥の手か」

「私に流れる血の半分は母の……人間のものだ」

クーファは腕から牙《きば》を抜き、口の端《はし》についた血を舐《な》める。

瞳が黒々と反転していた。

「おまえにはできない芸当だろう？《純》吸血鬼！」

セオドーアはほぐすように肩《かた》を回し、左右の手刀を構える。

「あまり賢《かしこ》いやり方とは言えんな。おまえが人間社会に溶《と》け込んでいるのは、半分は人間であるからだ。しかしそのような技《わざ》を多用すれば、おまえの人間としての部分は蝕《むしば》まれ、

やがて完全に吸血鬼《ヴァンパイア》と化すだろう。ひととして培《つちか》ってきた思い、大切に守り続けてきた絆《きずな》……すべてがおまえにとって破壊《はかい》すべきものに堕ちる」

虚《うつ》ろな声で、言った。

「待つのは、孤独《こどく》だ。吸血鬼《ヴァンパイア》にも、人間にも受け入れられぬ、真のモンスター……」

クーファは腰《こし》の黒刀《こくとう》を握《にぎ》った。

先行車両に追いつけるかどうか、すでにぎりぎりの距離である。

左手で鞘《さや》を引き出し、柄《つか》を右手でしっかりと捉《とら》える。

矜持《きょうじ》をもって理性を繋《つな》ぎ止め、あらん限りの闘気《とうき》を解き放つのだ。

「時間がない。けりをつけさせてもらう！」

床《ゆか》を蹴った。

抜刀《ばっとう》し、なめらかに刀身が現れる。その刃《やいば》に氷霧《アニマ》が這《は》い、峰《みね》からは焔《マナ》が立ち昇《のぼ》った。

身の毛のよだつような斬撃音《ざんげきおん》。

不可視の一閃《いっせん》を、セオドーアは捌いた。しかしその二の腕から一直線に血が散る。

彼の鉄壁《てっぺき》の防御力をついに貫いたのだ。さしものセオドーアも鋭く呻《うめ》く。

「ぬうッ……!?」

クーファは休む暇《ひま》を与《あた》えなかった。切り返し、さらに切り返し、剣閃《けんせん》を幾重《いくえ》にも上書きしながら敵の全身を滅多切《めったぎ》りにする。自分自身でさえ体感したことのない速度。脳の処理能力を超《こ》え、体中の筋がはち切れて骨に亀裂《きれつ》が走る。

上回れ。

上回れ——!!

敵の反応速度を、とうとう置き去りにした。セオドーアの防御が追いつかず、その胸部に切っ先が達する。袈裟懸《けさが》けにしてそのまま脚へ。骨まで深々と寸断してから、体勢を崩したところを九閃、一呼吸で突《つ》き上げる。

セオドーアは全身から血を噴《ふ》き、たたらを踏《ふ》んだ。

「化け物め……ッ!」

その傍《かたわ》らを、クーファは刹那《せつな》にして駆《か》け抜けた。

刀を振り切っている。

身を屈《かが》めたまま、言った。

「いいや、私は人間だ」

セオドーアの胴体《どうたい》が真一文字に裂《さ》かれた。

上半身と下半身が、逆方向へと吹き飛ぶ。

銀色の荒波へと投げ出されて——

そのままなすすべなく、圧倒的《あっとう》な《情報量》のなかに呑《の》まれた。
肉片《にくへん》の一片に至るまで、ものの数秒で削り落とされる。
彼が最期《さいご》に浮《う》かべていた表情を……。
クーファは忘れることがないだろう。
脅威《きょうい》にして仇敵《きゅうてき》たるヴァンパイアの男は、ここに滅《ほろ》んだのだ――
それを見届けた途端《とたん》、クーファの全身を激痛が貫いた。
たまらずそのまま、前のめりに倒《たお》れ込む。
「ぐっ……ウウゥ……!!」
セオドーアの忠告どおりだ。この覚醒技《かくせいわざ》は精神的にも肉体的にも負担が大きすぎる。
クーファは自分の胸板《むないた》を叩き、煮《に》え滾《たぎ》る殺意をどうにか抑《おさ》え込む。
何度も何度も苦しそうに呻いて……。
ようやっと変身を解き、元通りの人間の姿に戻ることができた。荒い呼吸を繰《く》り返す。
しかし、体を休めている余裕などなかった。
鉛のような体を引きずって、階段を転がり落ちながら、第五車両の車内へ。
ぐずぐずしていたらこのままワームホールに取り残されてしまう……!
もとは一台のキャラバンだったのだ。ならば、後部には燃焼機関が備えられていた。鉄板越《ご》しに手のひらを当て、瞬間《しゅんかん》的にマナを叩き込む。

エンジンが爆発《ばくはつ》した。

後ろから蹴《け》飛《と》ばされたように、一気に加速する。先行していた第四車両の背中がまたたく間に近づいた。まだ休めない。クーファは体に鞭《むち》を打って屋根へと駆け戻る。

タイミングが重要にして、チャンスは一度だった。

第四車両の縁《ふち》では、メリダたち四人がこちらに手を差し伸《の》べている。

第五車両の加速力は、頂点を過ぎて徐々《じょじょ》に弱まり——

双方《そうほう》の車体が、火花を散らして衝突《しょうとつ》。

その衝撃が屋根を突き上げる前に、クーファは跳んでいた。メリダたち四人の中心へと飛び込み、そのまま申し訳なくも、押し倒してしまう。

ようやっと、安堵《あんど》の息を吐けたのはそのときだ……。

上体を捻って、振《ふ》り返る。

第五車両がみるみる勢いを失い、遠ざかってゆく。

セオドーアとの戦いの余波で、散々傷めてしまった。

やがて第五車両は安定を失い、横倒《よこだお》しになる。銀色の飛沫が上がり、渦巻《うずま》いた波が車体を迎《むか》え入れた。端から徐々に溶かしながら、海中へと引きずり込んでゆく。

クーファと令嬢《れいじょう》たち四人は、得も言われぬ感慨《かんがい》を覚えながらそれを見送った。

やがて何も見えなくなる。

ティンダーリアの遺跡《いせき》も、そこに残してきた仲間たちの姿も。

今はワームホールの遥《はる》か彼方《かなた》……。

全部で四車両となったロード・クロノス号は、ひたむきに走行を続けている。

誰《だれ》かがクーファの髪《かみ》に触《ふ》れてきた。

エリーゼだ。

「先生……」

サラシャもミュールも同じ、物言いたげな瞳《ひとみ》をしている。

しかし彼女らに説明をする前に、クーファは立ち上がらなければならなかった。

「クローバー社長のところへ……！」

メリダたちも、はっ、と面《おもて》を上げる。

ロード・クロノス号を襲《おそ》っていた異変は止《や》んだ。もうタイムトラベルに支障は出ないはずだ。そのことを……クローバー社長にも知らせに行かなくては。

五人は急ぎ、第四車両から先頭まで駆け戻《もど》る。

第一車両の車内は、先ほどまでとなんら変わりはなかった。

運転席の傍らにクローバー社長がもたれかかっており、シーザ秘書が介抱《かいほう》をしている。

なんら変わりはない——

クローバー社長はまだ息を保っていたし、奇跡《きせき》的に容体が回復していることも、もちろんありえなかった。

血まみれのまま笑う。

「お見事デス……上手《うま》くやってくれたようですネイ」

クーファはすぐさま彼のもとへ駆けつけた。銃撃《じゅうげき》で穴だらけになり、痛々しく染まった彼のシャツから、ボタンを千切るような勢いで外していく。

「すぐに手当てを……っ」

「ああ、イイエ」

クローバー社長はされるがままで、ゆるくかぶりを振った。

「もう手の施《ほどこ》しようがありマセん……」

彼のシャツを開いたとき、クーファはその言葉の意味を知った。

傷の深さ、そのものにではない。

クローバー社長の肉体は、想像していた以上に機械に換装《かんそう》されていたのだ。しかも素人《しろうと》目《め》に見て、劣化《れっか》が激しい。ところどころ錆《さ》びついてさえいる。まだ働き続けているのが信じられないほど……そこを度重《たびかさ》なる銃撃で追い打ちを掛《か》けられたらしい。

血液とオイルが、混じり合いながら床へと広がっている。

少女たちは口もとを覆《おお》い、クーファも息を呑んだ。

確かにこれは……生半可な医学知識では手の施しようがない。

クローバー社長は、ゼンマイが切れる直前の人形のようだった。

「人工臓器の限界を、超えているのデス……」

彼は語り、クーファたちは聞き入る。

「耐用《たいよう》年数を、とっくに過ぎておりマシて……実は、アナタがたと初めて会った鋼鉄宮博《こうてつきゅう》覧会の頃《ころ》から、『あと半年持たないだろう』ト……言われてしまっておりマシた。ゲホッ、ゴホッ……デスが、ゴホッ」

血を吐《は》きつつ、それでも笑うのだ。

「デスが、アナタがたがあまりに愉快《ゆかい》なものデ！　つい少し。あと少し、ト……ゲホ！」

「社長……」

「事故で半身を失ったあの日から、遠からずこのときが来ることは分かっていマシた……だけれど最後に、アナタたちのおかげデ……こうして夢が叶《かな》う」

お得意のピエロスマイルで。

「アリガト」

　シーザ秘書はうなだれ、涙《なみだ》を流した。

　クーファはクローバー社長のシャツを閉じ、その瞳を覗《のぞ》き込んだ。

「……ではやはりあなたは、今日この日、この計画のためにすべてを？」

　問いかけざるを得ない。

「なぜ？」

　するとクローバー社長は、子供に戻ったみたいに照れくさそうに笑う。

「ワタクシの夢デス。長年の……」

「夢？」

「《空》が見たい」

　クーファも、令嬢たち四人もその意味を摑《つか》みかねた。

　クローバー社長の願いは、あまりに純真無垢《むく》だったのだ。

「伝承に残る《青い空》！　ワタクシはそれを、ひと目、自分の目で見てみたかっタ……ゴホッ。フランドールの子供が誰しも一度は願い、そして大人になるにつれ忘れる……ワタクシも他人に明かしたことはありマセんでした。本当に実現するとも思っていなかっタ！　ただ日々、漠然《ばくぜん》と研究を重ね、そして前触《まえぶ》れもなく死の宣告が為《な》されタ……」

機械の右腕《みぎうで》を持ち上げる。

その手のひらは、すでに小刻みに痙攣《けいれん》していた。

「もう時間がないと分かるト……なんだか突然に惜《お》しくなってきてしまったのデス！　ホッホウ……ゲホッ、オホェッ……。どうしても、《空》を見に行きたくなっタ。なんとしてモ！　財産のすべてをばら撒《ま》いテ、世界じゅうを煙《けむ》に巻き、稀代《きたい》の笑い者になろうとモ!!　ホッホホ……ゲホッ！　ゴホッ、ゴッホ！　ゲフッ、ゲホッ……!!」

機械の手が、力なく床《ゆか》に落ちる。

クーファは彼の腕を己の肩《かた》に回し、力を込《こ》めた。

問う。

「見ることが望み？」

クローバー社長は頷《うなず》いた。

「見るだけでよいのデス。ひと目……」

クーファは彼に肩を貸して、運転席まで連れていった。

窓ガラスが割れている。

ワームホールの終着点に、光が見える。

吹き込んでくる未知なる風——

クローバー社長はその光景を、まばたきもせずに目に焼きつけていた。

「ひと目……ひと目……」

うわごとのように繰り返す。

前方の光は徐々に広がり、間違《まちが》いなく、ロード・クロノス号がその中心に吸い込まれてゆくのが分かった。

輝《かがや》きの奔流《ほんりゅう》。

潮騒《しおさい》に似た響《ひび》き。

クローバー社長は目を見開いた。

言う。

「嗚呼《ああ》、なんと」

最期に言う。

「美しい《ビューティフル》」

直後、空間そのものをひと息に覆い尽《つ》くす光。

ロード・クロノス号はその渦《うず》に呑まれ、クーファたちの視界は、真っ白に染められた。

HOMEROOM LATER

——今日も窓辺に友達が訪ねてきた。

と言っても、相手が友達と思っているのかは分からないけれど。

単にパンくずをもらえるから、休憩《きゅうけい》がてら立ち寄っているだけなのかもしれない。

どちらにせよくちばしでせっついてくるので、わたしはいつものハンカチを広げる。

指先でパンを崩《くず》して零《こぼ》してやると、友達は大喜びで啄《ついば》み始めた。

そうしているあいだは無防備なので、わたしは友達の背中を撫《な》でる。

絵画みたいに鮮《あざ》やかな色をした、青い小鳥——

【あなたはいいわね】

指先にささやかな鼓動《こどう》を感じた。

【いいわね】

友達はなかなかに薄情《はくじょう》だった。何せご飯を食べ終えると、わたしの指をお礼代わりに啄んでから、早々に飛び立とうというのだ。

自由気ままに遊びへ出かけるのだろう。

そしてまた、気が向いたら顔を見せにくるに違いない。
自由に――
鋭《するど》い羽ばたきとともに、友達が舞《ま》い上がった。
吸い込まれるようにして飛んでゆく。
青い空へと。
その色は、すぐに紛《まぎ》れて見えなくなる。
友達の羽根が一枚、まるで置き土産《みやげ》みたいに窓辺へと降ってきた。
わたしはそれを掴もうと身を乗り出して、とっさに目もとを庇《かば》う。
まぶしい……っ。
今日も陽射《ひざ》しが強い。空の真ん中で太陽が燦々《さんさん》と輝いている。
たまには雨でも降ればいいのに……。
窓から見下ろす景色は変わり映《ば》えがしなかった。
人々の暮らしの営み。
世界じゅうが羨《うらや》む洗練された街並み。
わたしのいる高い塔《とう》は、神さまの住むお城にでも見えているのだろうか？
わたしは頬杖《ほおづえ》をついて、遠くを眺《なが》める。

街の外に広がる、緑色の森を。
端《はし》から端まで、ぼんやりと見渡《みわた》していると……。
きらりと、かすかに光った。
わたしははっ、と息を吸って、目を凝《こ》らす。
森のなかで何かが光った気がした。
気のせい？　だけれど、どうしてだか胸がざわめく。
誰《だれ》かがやって来たような予感が……――
「巫女《みこ》さま」
呼びかけられて、わたしは窓辺から身を引いた。
いつの間にか、扉《とびら》の前に付き人の女性が立っていた。
「どうされました？　巫女さま」
わたしはお行儀《ぎょうぎ》よく座り直して、表情を消した。
答えなければ、【なんでもない】と。
そう安心させてやるために、桃色《ももいろ》の唇《くちびる》を湿《しめ》らせて。
《黒水晶《くろすいしょう》》と称《しょう》される瞳《ひとみ》で、彼女を、見つめ返す――

あとがき

おつかれさまでした。新境地となる夜界《やかい》編、お楽しみいただけたでしょうか？

とは言え、まだまだメリダたちの行く手には困難が待ち受けている様子……。

どうか今しばらく、彼女たちの旅路にお付き合いいただけると嬉《うれ》しいです。


というわけでみなさまこんにちは、作者の天城《あまぎ》ケイです。

以前にも書いたのですが、私はちょくちょく既刊《きかん》を読み返したりしています。

執筆《しっぴつ》していたその時々の心情を鮮明《せんめい》に思い出すことができます。

それと同時に、まったく別の感情が湧《わ》いてくることにも最近気がつきました。

《ランタンの中》で大はしゃぎしていたお嬢《じょう》さまたちが、こんな大舞台《だいぶたい》にまで……！

シリーズを構想していた当初、それもデビューしたての頃《ころ》、「本当にメリダたちの冒険《ぼうけん》はこんな境地にまで及《およ》ぶのだろうか？」とぼんやり思っていました。

それを今は懐《なつ》かしくも思うのです。

クーファやメリダをここまで案内できてよかった——

一緒《いっしょ》に歩いてこられたことを心から誇《ほこ》らしく思います。

さて、このエピソードからアサシンズプライド・シリーズはいよいよクライマックスです。私はめいっぱい旗を振《ふ》って道案内しますので、読者のみなさまにおかれては、夜界の大地でも迷子にならぬよう……どうか今後とも、よろしくお付き合いくださいませ。

先月に最新刊が発売されたばかりの漫画版も、何とぞごひいきに——

今巻もイラストレーターのニノモトニノ先生、ファンタジア文庫編集部さま、コミカライズ担当の加藤《かとう》よし江《え》先生に、ウルトラジャンプ編集部さまを始め、出版にご尽力《じんりょく》いただいた関係者のみなさま、誠《まこと》にありがとうございました。

そしてもちろん、このページをめくる《貴方《あなた》さま》にも、最上の感謝をお伝えします。

よろしければぜひにまた、私の旗を目印に——

次なる旅にご案内できることを、心より願っています。

天城ケイ

富士見ファンタジア文庫

アサシンズプライド12

暗殺《あんさつ》教師《きょうし》と薄明星火《はくめいせいか》

令和2年6月20日　初版発行

著者――天城《あまぎ》ケイ

発行者――三坂泰二

発　行――株式会社KADOKAWA
〒102-8177
東京都千代田区富士見2-13-3
0570-002-301（ナビダイヤル）

印刷所――株式会社暁印刷

製本所――株式会社ビルディング・ブックセンター

※定価はカバーに表示してあります。
●お問い合わせ
https://www.kadokawa.co.jp/（「お問い合わせ」へお進みください）
※内容によっては、お答えできない場合があります。
※サポートは日本国内のみとさせていただきます。
※Japanese text only

ISBN978-4-04-073747-8 C0193　◇◇◇

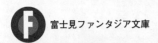

細音啓が紡ぐ新たなるヒロイックファンタジー

騙しあい。

各国がスパイによる戦争を繰り広げる世界。任務成功率100%、しかし性格に難ありの凄腕スパイ・クラウスは、死亡率九割を超える任務に、何故か未熟な7人の少女たちを招集するのだが――。

シリーズ
好評発売中！

ファンタジア文庫

世界最強の
“不可能任務”に挑む少女たちの
痛快スパイファンタジー！
スパイ教室
竹町
illustration
トマリ

この少年、
神々の子につき
羽田遼亮
ill fame
神々に育てられしもの、最強となる
A boy raised by gods will be the strongest.
神々の住む山――テーブル・マウンテン。
その麓に捨てられた赤ん坊は、神々に拾われ、
ウィルと名付けられるが……。
「この子には剣の才能がある、無双の剣士にしよう」
「いいえ、この子は優しい子、最高の治癒師にしましょう」
「いや、この子は天才じゃ、究極の魔術師にしよう」
剣の神、治癒の神、魔術の神による英才教育を受け、
神々をも驚愕させる超スキルを修得していくウィル。
そんなある日、テーブル・マウンテンに、
ひとりの巫女がやって来て……。
すべてが規格外な少年・ウィルの世界を変える旅が始まる！

すべてが規格外
ウィル
神々の暮らす山の麓に捨てられ、剣の神、治癒の神、魔術の神に育てられた少年
ファンタジア文庫
シリーズ好評発売中!

ティナ
四大公爵家のひとつ、ハワード家に生まれた公女殿下。なぜか誰でも扱える程度の魔法すら使うことができない。
変えるはじめましょう
アレン
公爵令嬢ティナの家庭教師を務めることになった青年。魔法の知識·制御にかけては他の追随を許さない圧倒的な実力の持ち主。
発売中!

天上優夜《てんじょうゆうや》
異世界で
レベルアップした結果、
最強の身体能力を
手に入れた少年
この少年
すべてが
シリーズ好評発売中！

チートすぎる

異世界でチート能力《スキル》を手にした俺は、現実世界をも無双する

～レベルアップは人生を変えた～

I got a cheat ability in a different world, and became extraordinary even in the real world.

著：美紅
イラスト：桑島黎音

幼い頃から酷い虐めを受けてきた少年が開いたのは『異世界への扉』だった！ 初めて異世界を訪れた者として、チート級の能力を手にした彼は、レベルアップを重ね……最強の身体能力を持った完全無欠な少年へと生まれ変わった！ 彼は、2つの世界を行き来できる扉を通して、現実世界にも旋風を巻き起こし――!? 異世界×現実世界。レベルアップした少年は2つの世界を無双する！

ファンタジア文庫

その男、
アード
元・最強の《魔王》さま。その強さ故に孤独となってしまった。只の村人に転生し、友だちを求めることになるのだが……？
ジニー
いじめられっ子のサキュバス。救世主のように助けてくれたアードのことを慕い、彼のハーレムを作ると宣言して!?
イリーナ
正義感あふれるエルフの少女（ちょっと負けず嫌い）。友達一号のアードを、いつも子犬のように追いかけている
神話に名を刻む史上最強の大魔王、ヴァルヴァトス。
王としての人生をやり尽くした彼は、平凡な人生に憧れ、
数千年後、村人・アードへと転生するのだが……
魔法の力が劣化した現代では、手加減しても、アードは規格外極まる存在で!?　噂は広まり、嫁にしてほしいと言い寄ってくる女、次代の王へと担ぎ上げようとする王族、果ては命を狙う元配下が学園に押し掛けてくるのだが、
そんな連中を一蹴し、大魔王は己の道を邁進する……！

ファンタジア文庫
すべてを蹂躙《じゅうりん》する。
史上最強の大魔王、村人Aに転生する
The Greatest Maou Is Reborned To Get Friends
下等妙人
イラスト／水野早桜
シリーズ好評発売中！